勇者系列
BRAVE SERIES

第二集　屠龍勇者與龍族

YELLOW BOOK

前／言／

您好，我是本書作者黃色書刊。
首先要感謝手上拿著這本
《勇者系列／第二集．屠龍勇者與龍族》的讀者，
你們的支持，對我來說是莫大的動力與鼓勵。

從小時候開始，我就非常喜歡龍，
或許是因為自己的生肖屬龍，所以我對龍有種特別的憧憬，
在許多作品中，最喜歡的角色往往也都跟龍有關係，
龍真的是既帥氣又強大的存在啊。

能夠創作關於龍的故事，令我相當興奮，
《勇者系列》中的龍也是相當強大的，
不過在這故事中，
最具威脅性的，或許還是人類吧。

人類真的很強呢，
這個世界承受得住如此「強大」的人類嗎？
而我們究竟該變得多「強大」才足夠呢？

最後，
再次感謝您，
希望您能喜歡這次的故事。

目錄

特別收錄

第三章
龍族之戰

你們看，那個哥布林好厲害啊！
竟然可以和「巨星勇者」打得那麼激烈！
真有趣！你是第一個讓我認真起來的哥布林！但是很可惜……
一對一的話，對你來說很不公平，因為我的實力遠遠在你之上啊！
誰說我要一對一了？
不公平啦！

要是沒有妳幫忙，我大概就會輸給那個哥布林了，謝啦！劍聖勇者！
只可惜讓他們跑了。話說回來……
前陣子有人類被龍族殺掉了，所以會長正在召集戰鬥派的勇者，
準備執行「屠殺惡龍」計畫了。
BAD DRAGON
唉，還不是前任國王沒事把龍族歸類為魔族，我們又三不五時派人去攻打龍族才會這樣！
龍族會反擊人類，簡直是天經地義啊！
你說這些也沒用，別忘了，我們勇者就只是一群……
領著高薪的僕人啊。
我就是忘了嘛！

最強的劍士。
最強的補師。
最強的坦克。
最強的藝人。
最強的刺客。
KILLER
最強的魔法師。
最強的英雄。
最強的第二強。
HE TWO
這次召集各位，是為了執行「屠殺惡龍」計畫，身為會長的我，必須提醒各位，
千萬不要把龍族當作生物看待，將牠們當作冷血的殺人機器，我們會比較輕鬆一點！

怎麼辦？人類那邊要派勇者來攻打我們了！
我們應該向魔族求救嗎？
魔族恐怕不會想幫我們啊，公主殿下。
在我們龍族被人類歸類為「魔族」之前，我們可是幫人類殺了許多魔族啊。
唉，對於人類和魔族來說，龍族就只是可恨的「惡龍」嗎？
先龍們造的孽，要由後龍來承擔啊。
這世界看似廣闊，
能走的路卻只有眼前那一條啊……

你們真的沒辦法幫我們嗎？
我以為我們能一起對抗人類啊，巨人族……
抱歉，我們辦不到。
你們巨人族和我們龍族，都是被人類歸類為魔族的受害者。
等到龍族被滅了，下一個恐怕就是你們了啊！真的不趁還有一點點勝算的時候合作嗎？
抱歉，雖然同樣都身為受害者，但我們沒辦法為你們挺身而出。
我們現在只能選擇相信人類不會來攻擊我們。

怎麼辦……我到底要找誰幫助我們？
要是父王還在，他會怎麼做呢……
小公主，我回來了！
「屠龍勇者」叔叔！你這幾天去哪裡了！
我這幾天都在幫妳想辦法對抗人類啊！
怎麼辦？龍族要完蛋了啦！嗚嗚……
乖，沒事的！話說回來，我這個屠龍勇者還真失職啊！哈哈哈！
先去找魔王談談看吧！他是個值得信任的人！
在他還是勇者的時候，可是我的師父呢！

公平勇者師父，請您幫幫龍族吧！
別叫我公平勇者啦！人家現在是魔王啦！
而且以我的立場，很難幫龍族啊，畢竟魔族都很憎恨龍族……
我知道龍族曾經殺了許多魔族，但是，過去的事就讓它過去吧！讓我們攜手共創美好未來！
唉唷，我連我們魔族自己人都快顧不好了……
話說你不是屠龍勇者嗎？怎麼會站在龍族那邊啦！
因為龍很可愛！

公主還真是窩囊！幹嘛去找魔族幫忙？
我們自己就能夠打敗人類了啊！
我現在就殺過去人類那邊，把那些廢物勇者都給吞了！
千萬別衝動啊！將軍大人，公主不會允許的！
對啊！
我管她允不允許！她丟光了龍族的臉！我們才不需要任何人幫忙！我們是最強的！
我們可是龍啊！

四十年前，在我還沒有成為「屠龍勇者」前，我是個把勇者當作偶像崇拜的人。
那時的我年輕又充滿理想，總是把世界看得太美好。
當時，公平勇者發現了非常有潛力的我，並收我為徒。
他是我最崇拜的人，他是個真正的勇者，即便他後來成了魔王，我也依然崇拜他。
那是個美好的時代，成為勇者就是你最偉大的理想。
你不必去思考何謂正義，因為勇者本身就是正義。
HP+

國王將龍族歸類為魔族後，意味著龍族也成了勇者討伐的對象。
我殺了非常多的龍族，也獲得了「屠龍勇者」這個響亮的稱號。
但是我太自大了，一不小心就被龍族給打敗了，打敗我的是龍族的其中一位將軍。
倒在地上之後，我才有機會仔細看清楚龍的模樣，在這之前，我只是不斷屠殺。
屠龍勇者，你沒想過會被龍給殺死吧？說！你的遺言是什麼？
如此強大、美麗，原來我一直以來在戰鬥的對象竟是這樣的高雅嗎？真是慚愧。
妳……好美。
蛤？什麼啦？這招沒用喔！
很多時候，我們必須停下腳步才能看清楚這個世界，對吧？

我錯了！我過去所做的一切，都是錯的！請你們再給我一次改過的機會！
請讓我為龍族奮戰吧！我願意把我的人生全部奉獻給你們！拜託了！
該怎麼辦呢？國王。
唉……
別聽那個人類胡扯！把他殺掉就對了！
要是我把你殺了，人類馬上會派更多勇者來攻打我們，對吧？
沒錯！就算人類再怎麼殘忍的殺你們，你們也不能殺人類！這只會害你們被滅族！
但是我可以幫你們殺人類，因為我也是人類！
我看就把他留下來當作打手使喚吧。
嗯……
哈囉？他可是「屠龍勇者」喔！殺了很多很多條龍的勇者喔！

我最愛討伐龍族了！除了有豐厚的經驗值和寶物，還不會有生命危險！
沒錯！牠們根本不敢殺人類，頂多只會把我們趕跑。真是可悲啊！哈哈哈哈哈！
呃啊啊啊啊！
哇啊啊啊！怎麼會？
你、你是屠龍勇者！為什麼要做這種事？
我們可不是龍啊！我們也是勇者啊！
你給我回去轉告其他勇者：整個龍族王國都是老子的狩獵場！
你們要是敢來跟我搶獵物，我就把你們轟個稀巴爛！哈哈哈！

人類的勇者啊，快認輸吧！你們打不過我的，讓我聽聽看你們的遺言吧！
別聽牠在那邊唬爛！牠根本不會殺我們！你知道為什麼嗎？
因為我之前就已經對牠說過八次遺言啦！哈哈哈哈哈哈哈哈哈哈哈哈哈哈哈！
龍族還真是可悲！
嗚哇！
蛤啊啊啊啊啊啊？
事實上，你們的遺言是要對我說的。
混帳！你總有一天會被其他勇者討伐的！

自從我替龍族擊退人類勇者後，已經過了好一段時間。
龍族逐漸對我卸下了心防，並且將我當作「勇者」看待。
好痛！一次對付五個勇者果然還是太吃力了……
裝備也壞得差不多了，真是麻煩……
屠龍勇者，我有個東西要給你。
這件衣服是我用自己的鱗片做成的。
防禦力跟魔法抗性都很高，拿去穿吧。
哇啊！
真是太謝謝妳了！我一定會好好使用它的！妳最棒了！
快、快點把衣服穿上啦，真是的！

青龍將軍是我一直以來的搭檔，她非常強悍，也非常有智慧。
我們一起經歷許多戰鬥，有著絕佳的默契。
我們也有相同的興趣，我們能看一整天的映像水晶，還會討論劇情和感想。
天啊，這感覺……就像是我愛上她了，我從來都沒有對任何女性心動過啊……
妳願意……當我的伴侶嗎？我們可以一起看一輩子的映像水晶……
但是我們如此的不同！
可是我沒辦法為你繁衍後代……
我可不是為了要傳宗接代才跟妳在一起！

我明明是屠龍勇者，卻和龍族交往，這實在是太荒唐了，但是啊……

和青龍在一起的日子真的很快樂呢，我們每一天都過得非常幸福。

我們常常會一起做這種事情，和那種事情，看看她，她害羞的樣子是多麼的迷人。

不要啦……！

有什麼關係？

或許人類會把我當成瘋子看待，但那又如何？對此時此刻的我來說，

要是我的生活中沒了青龍，我才真的會變成一個瘋子。

混帳！我們又失去了一些夥伴！我要去殺光那些勇者！
赤龍將軍，你要是這樣做，人類馬上就會派大軍來消滅龍族。
我知道你現在非常憤怒，但是為了龍族的未來，請你再忍耐一下吧！
我知道……這些我都知道！
但是，我可不可以請你們……
不要整天在別人面前秀恩愛啊！
有嗎？
小青青，他是在羨慕我們！
羨你老慕啦！
LOVE

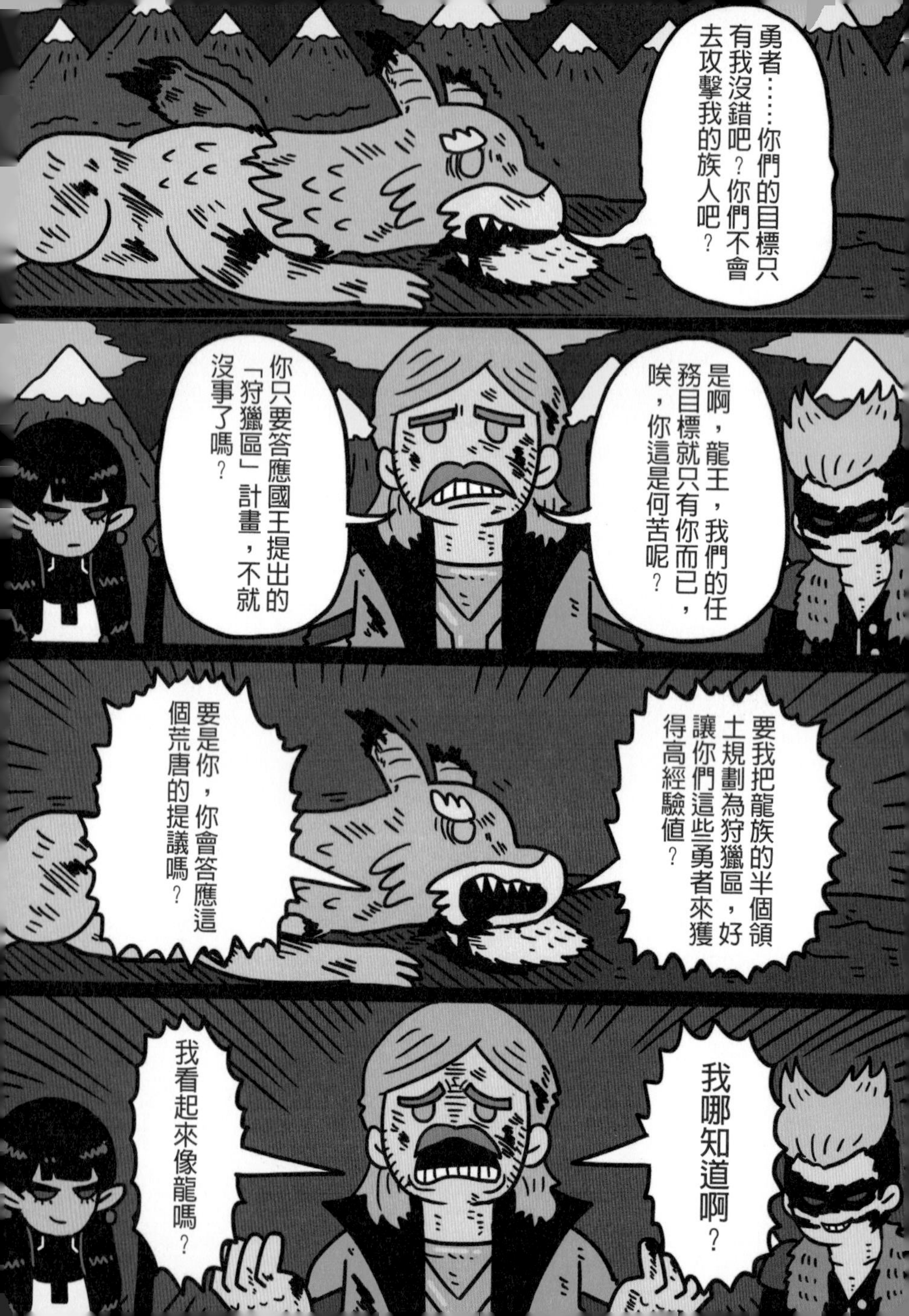
勇者……你們的目標只有我沒錯吧？你們不會去攻擊我的族人吧？
是啊，龍王，我們的任務目標就只有你而已，唉，你這是何苦呢？
你只要答應國王提出的「狩獵區」計畫，不就沒事了嗎？
要我把龍族的半個領土規劃為狩獵區，好讓你們這些勇者來獲得高經驗值？
要是你，你會答應這個荒唐的提議嗎？
我哪知道啊？
我看起來像龍嗎？

國王都被殺了！你還不讓我去殺了那些勇者！你到底是什麼意思？
不能衝動！我也想替你們殺了那些勇者，但是我沒有辦法啊！
那三個是非常厲害的勇者，我就算過去也只是送死！我現在還不能死啊！
我必須活下來，想辦法幫助龍族才行！我也很憤怒！但是我們一定要忍耐啊！
忍耐……你就只會忍耐，也是啦，畢竟你也不是龍族嘛。
給我收回那句話！
就算我已經在這裡生活了十幾年，你們依然把我當成人類看待嗎？
好吧，那也無所謂，我不需要你的信任，我要的是你的配合。

在我的父親、龍王死後，這個龍族……
就由身為公主的我來領導大家，而今天……
我必須配合人類執行一項新政策，也就是「狩獵區」計畫。
龍族要把一半的領土提供給人類勇者做「升級訓練」……
我們為什麼要任憑人類宰割？為什麼不鼓起勇氣對人類進行反擊？
我們連「鼓起勇氣」的本錢都沒有啊……

唉，事情都演變成這樣了，我卻無能為力，混帳！
這不能怪你，你已經為龍族奮鬥十幾年了不是嗎？對了……
雖然現在提這件事有點不適合……你想要有我們的小孩嗎？
咦？我們要怎麼生？
其實有一個禁忌的龍族魔法，能讓我們一部分的靈魂結合，誕生出一個全新的生命。
這魔法會耗掉我兩百年的壽命，不過，我覺得非常值得……
兩百年？我才不要！我只想要妳啊！
就算耗掉兩百年，我還是活得比你久啦！
而且，你不在以後，我活那麼久也沒意義啊！

青龍！妳竟然還跟人類生孩子！妳到底還有沒有身為龍的尊嚴？
我們這裡可容不下妳和人類生的雜種！
哎唷！那是我強迫她的啦！你要怪就怪我吧！
先不提這個了！赤龍，你看看，不覺得我的女兒很可愛嗎？
赤……龍！
嗚哇！對不起！赤龍叔叔吼得太大聲了！我可以抱抱她嗎？
別燙到她喔！

時間過得很快，轉眼間，我的寶貝女兒已經十六歲了。
然而，在她十六歲這年，發生了一個轟動世界的重大事件。
當時的人類國王，那個殘暴、無情、被稱為「戰爭之王」的男人，
在一場與魔族的戰役中被殺了，那場戰役被世人稱為「魔族復興之戰」。
殺了國王的就是現任魔王，也是我的師父——公平勇者，他因此成了魔族的英雄。
我們當時還天真的以為，世界終於和平了。

我們勇猛的國王離開了我們！縱使傷心難過，我們依然得要繼續前進。
讓我們全體國民熱烈歡迎新的國王！
新的國王並不是一位戰士，而是一名商人，他同時也是「商人公會」的會長。
說實話，對魔族來說，他絕對比前任國王還要難對付。
我的目標非常簡單！就是賺錢！而且是大家一起賺錢！我們要賺魔族的錢！
我的全國子民到最後都會成為有錢人！不愁吃穿！村民們！不要妄自菲薄！你們有著強大的能力！就是賺錢！
賺錢！賺錢！大家一起賺錢！
賺魔族的錢！
國王萬歲！
賺錢萬歲！

龍族！我親愛的朋友！告訴你們一個好消息！從今以後，「狩獵區」將會規定入場規則！
限定八十等以上的勇者，並且必須先解完一連串麻煩的任務才能入場！
太感謝您了，這樣一來，龍族就不會有那麼多傷亡了！
可不是嗎？不過，往後還需要你們龍族為我們提供一些「好處」！
你們每個月都要供應一定數量的龍鱗、龍牙和龍角。你們要是能夠好好配合，
我就可以保證「狩獵區」的入場規則能正常運作！
好、好的！拔掉龍牙、拿掉龍鱗總比丟掉性命還要好！
沒錯！說得太好了！世界和平啦！朋友！

新的人類國王上任後，龍族承諾每個月都會供應一定數量的龍牙和龍鱗。
而人類則會派勇者和「醫生團隊」來協助龍族拔牙跟鱗片。
慢慢的，龍族裡越來越多「無牙龍」和「無鱗龍」了。
這一切都是為了和平所做的決定，至少龍族是那樣深信著，就這樣，又過了六年。
這六年之間，雖然我很想替龍族出一口氣，但是龍族不想對人類做任何反抗
我能做的就只有保護好我的女兒，絕不能讓人類發現她的存在。
她是這世上唯一的半龍人，天曉得人類會對她做什麼。原本想就這樣藏著她一輩子，
卻發生了那場意外……那場讓人類決定要執行「屠殺惡龍」計畫的意外。

我是個非常樂於助人的勇者，我總是盡全力幫助別人。
雖然我沒什麼響亮的稱號，但是我為自己感到非常自豪。
然而，我還不夠強，這世上還有許多強悍的魔族，是我無法打倒的。
SICK
為了更進一步的幫助每個人，我必須變得更強才行。
為此，我好不容易取得「龍族狩獵區」的入場資格，在那邊，我將會變得更加強大。
說實話，我有點緊張，但是，龍族再怎樣也不敢殺人類，不是嗎？
對不起！是您先殺了我兒子的！我不是故意的！對不起！

大事不妙！
魔法塔剛剛偵查到龍族殺了一名勇者！
院長，我們該怎麼向國王報告？
我來處理就好。
事情變得有趣囉！
我看過沒多久，我們就要去屠龍了，妳也會一起來嗎？
算了吧，我還有其他任務呢！
好吧，話說回來，好險我們精靈族是被歸類在人類這邊的啊！
沒錯！人類萬歲！

每次有重大事件發生時，人類的國王第一時間並不是和大臣們開會討論。
而是和他的家人進行一場「家庭會議」。
王后是「情報管理局」的局長，她幾乎能得到任何她想得到的情報。
大兒子是一名形象良好的政客，人民都非常信任他，他在各方面都是個相當成功的王子。
二兒子檯面上是普通的貴族，私底下則是「地下商人」，負責許多非法買賣與勾當。
而家族中最小的女兒，是一名勇者，她帶領王宮軍團，驍勇善戰，被稱為「公主勇者」。
無論是怎麼樣的大事，他們都會在餐桌上討論出一個結果，這就是國王的「家庭會議」。
我們很久沒有好好吃頓飯了，我親愛的家人。

各位，你們認為有必要執行「屠殺惡龍」計畫嗎？
畢竟，我們得對全人類做出一個交代。
我覺得就這樣滅掉一個種族不太好呢……
這妳儘管放心，民調顯示：認為龍族必須要滅絕的民眾超過半數！
總之，我會請報社和新聞臺那邊把龍族報導得罪大惡極。
我就直說了，龍牙和龍鱗的價值已經遠不如以前了。
唉，真可憐啊。
一個種族就要這樣消失了，真悲傷。

我的兒子就只是個熱心的勇者，他這輩子都沒做過什麼壞事，他是個好人啊！
但是龍族卻把他給殺了！這還有天理嗎？難道好人就得死在那群惡龍手裡嗎？
混帳！殺了牠們！不要再給牠們任何殺人的機會了！
沒錯！牠們只是群嗜血的野獸！
還給人類一個公道！
派勇者去滅了那些惡龍吧！
為了我們人類的和平！
殺光牠們！
殺光那些不知感恩的惡龍！
就這樣，人類的國王集結了一些強大的勇者，準備執行「屠殺惡龍」計畫。

人類決定執行「屠殺惡龍」計畫後，屠龍勇者馬上就去找他曾經的前輩—魔王尋求幫助。
唉唷，我的立場真的很難幫你們啦……
話說，那隻殺了人類的龍，你們是怎麼處置的？
處置？你以為我們會把她的頭顱交給人類好讓他們消氣嗎？
算了吧！她現在可是我們龍族對抗人類的珍貴戰力之一啊！
哈哈，看來你們是認真要對抗人類了啊！好吧！
雖然我不能幫助你，但有些魔族是我也管不著的，像是……
四天王之一的病魔，他恐怕也不管魔族的立場如何吧，
畢竟他恨人類恨得牙癢癢的，別說是我叫你們去找他的喔！

「屠殺惡龍」計畫實在太荒唐了，我拒絕參加這次的任務。
等等，先冷靜一下，你仔細聽我說。
要是讓他們兩個參與這次的任務，你覺得會發生什麼事呢？
比起補血，更擅長讓魔族流血、全魔族的惡夢，人稱「惡夢勇者」！
每一次施法都是毀天滅地，讓眼前的敵人完全絕望的「絕望勇者」！
不只龍族，沿路上的魔族大概全都會被他們兩個人給殺光……
沒錯！這時候必須有人去制止他們！我們出任務是為了保護其他魔族啊！

在輸給巨星勇者和劍聖勇者後，哥布林一行人逃回了哥布林的村莊。
哥布林深深了解到自己無法戰勝那些強悍的勇者，他想脫下戰袍、當一個平凡的哥布林。
歡迎你回來！我們的英雄！
不，我不是什麼英雄，你們當初說得沒錯，我就只是個哥布林……
從今以後，我會好好當一個平凡的哥布林。
你可不能這樣做，你必須去打敗那些勇者！我們替你準備了……
傳說中的哥布林——「兇王」的裝備！
可惡！我好不容易想要當個平凡的哥布林啊！

這就是傳奇哥布林「兇王」的裝備嗎？
GET
我感受到了滿滿的力量啊啊啊啊啊！
但不太合理啊，這件裝備怎麼會如此合身？
哥布林在被人類詛咒之前，不是都很高大嗎？
不，人類並沒有把哥布林變小或是變弱，他們只是消除了我們「反抗人類的勇氣」。
而你是唯一一個擁有勇氣的哥布林！你是我們的勇者啊！請你帶領我們前進吧！
嗚喔喔喔喔！原來兇王也跟我們一樣矮小嗎？太好了！
我會用這份渺小的勇氣帶領你們前進！找回哥布林的榮耀！

你們難道不覺得屠龍是一件很殘忍的事嗎？
嗯？
嗯……？
不覺得啊，我會在一瞬間把牠們給殺了，那種慢慢折磨的死法才稱得上是殘忍。
更何況牠們是被我們這些頂尖的勇者殺死，應該要感到光榮！
算了吧！你還奢望從他們嘴裡聽到什麼？
ME TWO
ME TWO

請、請放過我們吧！
您的目標不是龍族嗎？我們只是剛好住在龍族的附近而已啊！
不不不，跟你們住哪裡一點關係都沒有。
因為你們是魔族啊，可別忘記這點喔！
夠了！我們的任務目標只有龍族！
何必浪費力氣去濫殺其他魔族呢？
我可沒費到半點力氣啊，真是的……
要不是你是人類，我早就把你給殺了，管你是首席還是什麼！
你真該慶幸自己和我一樣都是人類啊。

叔叔，獨自去和勇者戰鬥是一種自殺的行為。
……那又如何？
就算我死了，人類也一樣是輸家！他們早就把其他種族對他們的信任都輸光了！
龍族和人類不過就是「一死一輸」！我們崇高的道德感永遠都是贏過人類的！
叔叔說得沒錯！我也想為我族盡一份心力！
既然要去戰鬥，就把我帶上吧！我也是個戰士！
妳不要去，會死啦！妳要活下去成為贏家，叔叔拜託妳啦！
呀！充滿幹勁！

青龍，萬一我們龍族真的被人類打敗了，
妳的女兒會被人類接納吧？畢竟她也算是半個人類啊，沒錯吧？
人類大概會把她當作魔族殺掉吧，要是運氣好一點，她可能會變成一個被國家利用的勇者。
也有可能會被人類拿去做研究，恐怕會把她的身體研究到殘破不堪吧。
別說了！光聽就覺得難過！可惡！她只是個無辜的孩子啊！
我們也都是無辜的啊。

沒想到會在這裡遇見你……
怎麼？你要站在龍族那邊是嗎？
病魔。
要殺你們，不用站在任何人那邊，人類！
SICK
你以為你的病毒很可怕嗎？我可是最強的補師啊！
解毒術、治療術都能有效的對抗你！除此之外……
我們人類長久以來都在食用黑心食品，身體早就百毒不侵了！
沒錯！
這不值得開心吧。

生理的病沒用，我還有心病呢！
SICK
喪心病狂！
呃啊啊啊啊！
所以，你剛剛對我施了什麼法術？
怎麼可能？竟然沒用！
小笨蛋，聽清楚，我們人類啊……
早就喪心病狂啦！
你們……
真的超有病。

我來牽制住他！你們先前往龍族那邊！
我本來就不打算跟病魔打了，畢竟他不是這次任務的目標。
沒錯，要我跟病魔打可以，但請政府先匯額外的款項給我。
你們這些年輕人，都不會站在老闆的角度思考啊！真是……
繼續保持啊！年輕人！
可以啊，等我當上老闆後，我自然就會用老闆的角度去思考了。
但是現在，你自己要做那些多餘的事，就別把我們拖下水，臭老頭。

好啦！前面就是龍族的聚落了！
快點完成任務吧，我可不想加班啊。
去死吧！人類！滾出我的家園！
龍族可不歡迎你們！
你的家園？不，這裡以後就是人類的領土了！我們會把你們的文化全部摧毀！
不管是你們的建築還是你們的雕像！這裡將會變得像是你們從來都不存在一樣！

文化摧毀術！
妳願意用我們的文化來換取自己的性命嗎？
龍族的文化就是我的驕傲。
抱歉，我剛剛不小心自卑了一下。
沒關係，反正我們也沒機會自豪了。

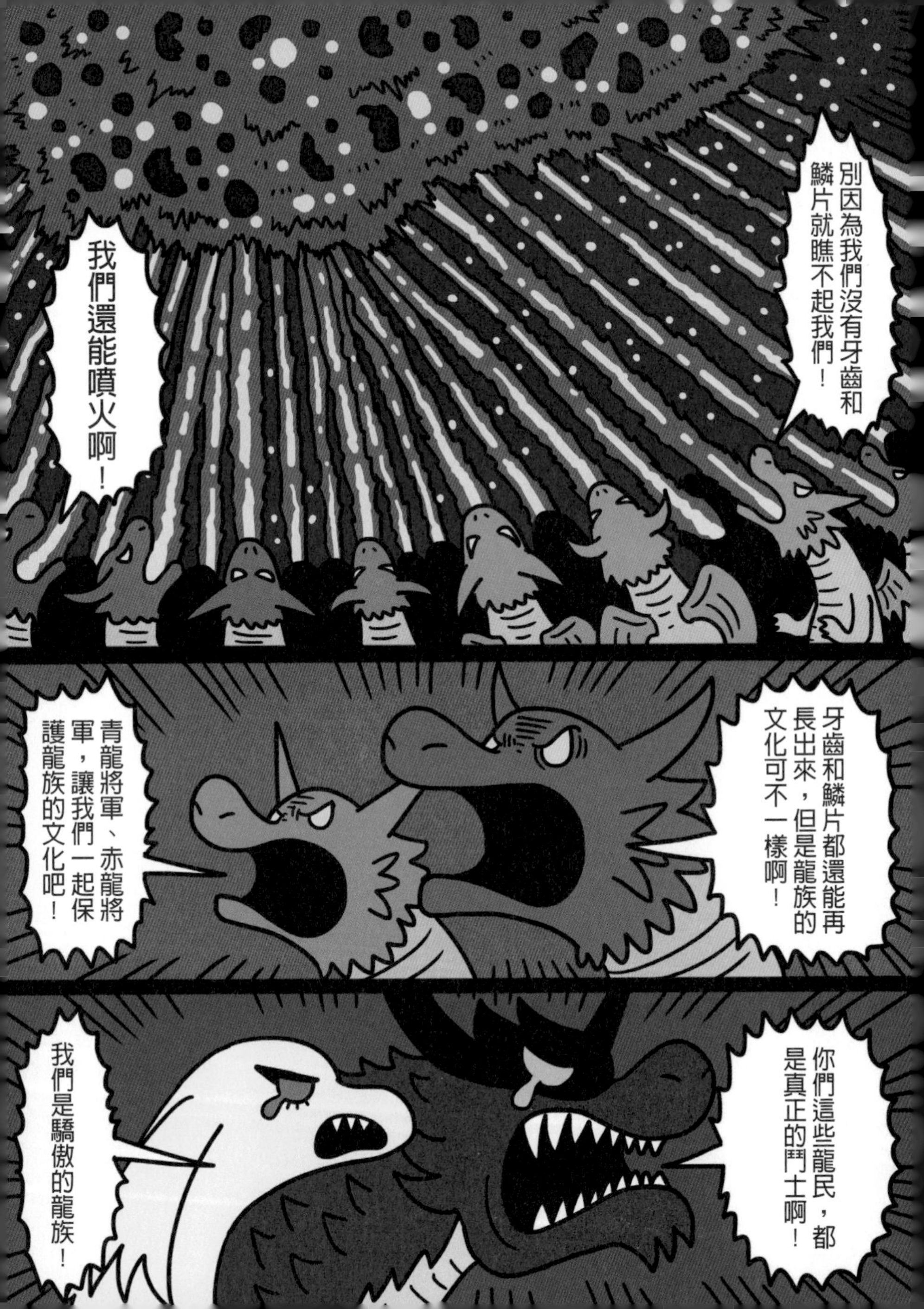
別因為我們沒有牙齒和鱗片就瞧不起我們！
我們還能噴火啊！
牙齒和鱗片都還能再長出來，但是龍族的文化可不一樣啊！
青龍將軍、赤龍將軍，讓我們一起保護龍族的文化吧！
你們這些龍民，都是真正的鬥士啊！
我們是驕傲的龍族！

受死吧！病魔！
等一下！
SICK
好久不見啊，惡夢勇者。唉呀！好險我有用傳送術趕過來。
我是來替大主教傳話的，他叫你不要殺了病魔！
蛤？他可是魔族，罪大惡極的魔族啊！
冷靜點啦！
就算你把全部的魔族都殺了，你的老婆和女兒還是回不來啊！
病魔對教團來說是很重要的！正因為他製造的疾病，人類才會更需要我們！
要是他死了，教團裡恐怕有不少牧師和醫師都要失業囉！

可惡，不管怎麼攻擊，都會被他擋下來！
當然！我可是最強的坦克——守門員勇者！
所有攻擊都會被我擋下來！
我會將你們的火焰、你們的憤怒、你們的一切都阻擋在外！
你們永遠無法越過我這道防線！
喂！你們還不快點上前攻擊！
要攻擊還得先越過你這道防線，好麻煩喔！
同感。
要保護好我們喔！

龍族啊！別以為我都不會反擊！
必殺！烈焰之盾！
住手！
不准再往前一步！不准再破壞我的家園！
喂！我不是叫妳好好躲著嗎？
女兒，快離開那裡！
……女兒？妳到底是人類還是龍族啊？
我生為龍族死為龍族！

給我滾開！
哼！不痛不癢！
什麼人?!
巨人之拳！
久等了！龍族的各位！
巨人族前來支援！

我們不能再繼續置身事外了，否則下一個受害的可能就是我們！
之前真是抱歉了！現在起，我們將會與你們並肩作戰到最後一刻！
這也要感謝屠龍勇者啊，願意花時間去說服我們的巨人之王！
爸爸？那我爸現在在哪裡？
呀！她是屠龍勇者跟龍生的孩子啊！好害羞喔！真是的！
真想把她帶回去好好研究一番啊！
人類和龍生的孩子？那就是人類嘛！
原來妳就是屠龍勇者的女兒啊！妳爸爸他啊……
現在應該在人類的國王那邊吧！
!?

真沒想到你們會一起來這裡啊！巨人之王、龍族公主。
還有你——屠龍勇者！你現在的立場又是什麼呢？
我現在是龍族和巨人族的首領。
首領？你這話是什麼意思？我有點興趣呢！
我要放棄龍族的王位，將王位讓給屠龍勇者。
我也是，今後，屠龍勇者就是巨人族之王。
原來如此……
龍族和巨人族竟然會把王位讓給人類！
這樣一來，我們就能夠平起平坐的談正事了呢！

我們該停戰了，再繼續下去，對雙方都沒有好處！
停戰就有好處嗎？
停戰後，我打算去說服那些「不是人類也不是魔族」的種族，來加入我建立的「第三族」！
這樣一來，我就可以藉此建立一個龐大的經濟體，對你來說也是一件好事吧？
的確，我還正煩惱要怎麼賺到那些種族的錢呢，畢竟有些種族實在是很難溝通啊！
這樣一來，往後就能和你們進行更多的「文化交流」了呢！不過，我還有個小小的要求……
聽說你有個半龍人的女兒，我很希望她能來人類這邊當勇者啊！
什麼?!

如同我說的，我和屠龍勇者達成了共識，停止這場戰爭吧！
龍族、巨人族，往後你們就不是魔族了，快把那個半龍人交出來吧！
只要我加入他們，這場戰爭就可以結束了嗎？
胡說！誰說要讓妳加入他們的！
不然要怎麼辦？我們已經耗損掉一半兵力了！再這樣下去也只會輸啊！
不如讓我加入他們！等我變得跟那些勇者一樣厲害，再來保護你們大家！
哇！好天真好熱血喔！我都無法直視了啦！
我們曾經也那麼天真過不是嗎？

對不起，女兒，要妳為了龍族去當勇者！
爸爸，我很願意為了龍族做這件事。
女兒，就算妳從今以後被歸類為人類，妳也還是我的寶貝女兒！
我的身上永遠都流著妳的血！媽媽！
妳在人類那邊，一定要好好保重……
千萬不要變成一個完完全全的人類……
變成人類不是一件好事嗎？能夠迎接真正的和平！
「人類」跟「和平」可是反義詞喔！
ME TWO

龍族將半龍女交給人類後，「屠殺惡龍計畫」就此終止。
從今以後，半龍女則要以人類勇者的身分活下去。
因為這次的攻擊，龍族的家園遭受嚴重的破壞。
但牠們認為，能夠不被勇者全滅，就已經非常幸運了。
而屠龍勇者此刻正獨自前往「少數民族」，積極的說服他們。
希望能夠和這些民族共同築起理想中的「第三族」。
龍族的故事終於告了一個段落。
但，永遠都會有新故事開始，對吧？

第四話

正統勇者與他的徒弟

我們敬愛的勇者，他的身軀離開了我們，
但他的靈魂永遠都在，化為光，化為空氣。
他生前是位偉大的坦克，他是守護人類的一道高牆。
守門員勇者的事蹟將會被人們流傳下去，直到世界終結。
殺害他的犯人，已經被關進監獄裡。
然而，這個犯人竟然也是一名勇者。
這件事必須要好好處理，所以……
三天後，我們將召開「勇者法庭」！

守門員勇者是怎麼死的？我要向媒體交代。
你就說他是為了保護其他人而死的吧，會長！
唉，要是我當時也在場就好了……
其實是因為沒人願意去幫他，他才會白白送死的！
快過來幫忙啊！
不要，幫了又沒錢領。
對方是勇者，我下不了手。
唉唷！你就跟他好好溝通一下嘛！
要是當時有人願意伸出援手，他就不會死了！
其實我也不是很想知道真正的原因啦！
就對外宣稱他是為了保護同伴而死的吧！
沒問題！
怎麼可以這樣！

這次的屠龍行動中，都沒有勇者做出背叛國家的舉動嗎？
當然，要是有，也早就被我殺了！
我還以為首席勇者會造反呢！對了，聽說兇手是被你打暈的啊。
畢竟搞偷襲是我的強項嘛！
記得，你的刀並不是拿來對著敵人的，而是要對著自己人。
會長，我一直都很清楚自己的工作！
我是專門刺殺叛國賊的「和諧勇者」啊！
KILLER

我們是守門員勇者的家人！
為什麼其他勇者都沒事，就只有他戰死了？
而且不是說要滅了龍族嗎？為什麼牠們還活得好好的？
總之呢……
對於這些事情，我感到很抱歉。
我是勇者公會的會長，也被稱呼為「抱歉勇者」，我最強的技能就是：「真誠的抱歉」。
只要聽到我的道歉，不管發生怎樣的事情，大家都會馬上原諒我，並且接受事實。
唉，你都已經道歉了，那我也沒話說了。
也因為有這樣強大的能力，我一直以來都在扮演著「替國家擦屁股」的重要角色。

聽清楚，成為勇者後的第一件事，
就是要去選一個「派系」加入。
派系？
沒錯，勇者公會分成三個派系：會長派、地皮勇者派、女子漢勇者派。
妳得先選一個立場跟自己比較相符的派系加入。
勇者幹嘛還要分派系？大家不都是自己人嗎？
大家不都是為了讓這個世界更美好，才來當勇者的嗎？
並不是。

男人憑什麼支配我們女人！
女人作主的時代來臨了！
沒錯！我親愛的女孩們，男人除了傳宗接代以外就沒用處了！
男人就只是群狂妄、自大、幼稚、自以為幽默的低等生物！
看清楚，她就是勇者公會三大派系中的其中一個頭頭。
同時也是「最強的狂戰士」和「最有魅力女性第一名」。
她更是史上第一位女性勇者——
女子漢勇者！

妳要加入「女子漢勇者派」嗎？
劍聖姊姊妳是加入哪一派的呢？
我啊……對我來說，金錢就是一切！
錢可以讓妳過想要的生活！買到想要的東西！可以讓妳享受全世界！
如果妳也想跟我一樣有高收入，請加入我們「地皮勇者派」！
LAND
BRAVE
無論是出國旅遊還是高級裝備，從今以後都不再是夢想！
我要加入！這樣一來就可以賺錢讓爸媽過上更好的日子了！
喂！要是她以後變得跟我們一樣骯髒怎麼辦？
錢不骯髒！錢可是這個世界上最單純的東西！

很高興妳加入我們「地皮勇者派」，金錢是既單純又美好的存在！
以後還請多多指教！
小心點啊，錢雖然是個單純的東西，卻會使人們變得不單純。
對了，我們這派的主席，地皮勇者呢？還得向他申請入派證明呢！
嗯，他可能還要一陣子才會回來。
他不久前才去出任務，任務內容是——
討伐魔族四天王的「慾望女王」。
DESIRE

你們到底在想什麼？竟然想搶走我的領土！
DESIRE
這塊地對你們來說真有那麼重要嗎？地皮勇者。
與其把這塊地放在這邊發霉，不如交給我好好利用！
看招！「炒地皮」！我會把這塊廢土變成豪華的文創園區！
看我把你的慾望給全部澆熄！
DESIRE
別小看我了！慾望女王！
我的慾望可是沒有極限的！讓妳看看人類的慾望有多強大吧！
看是我的慾望先被妳澆熄，還是妳先被我的慾望給活埋！

人類後，就變成那樣了……
我好沒用我好沒用我好沒用我好沒用我好沒用我好沒用……
有病，我可是病魔啊！
這樣的我還能繼續當病魔嗎？還能嗎！
病魔大人，別這樣！不然您就去把人類的病都治好吧！
都沒病，就一點都不可怕了！
等等……那我這個病魔，到底是為了什麼而存在？

妳現在了解勇者是什麼樣的職業了嗎？
嗯！能力越強，責任越大嘛！
錯！是能力越強，收入越多！
每個人都要替自己負責，不用替其他人背負。
妳不要太美化勇者這個職業了！
但妳不就是因為大家都需要妳，才來當勇者的嗎？
我是因為需要錢，才來當勇者的。

怎麼辦？這個月又沒錢付魔王塔的房租了！這下可能要搬出去了！
這可不妙啊，魔王大人！
I'm Fire
你們魔族什麼都有，就是沒有賺錢頭腦啊！別擔心，我能夠拯救你的房租！
我已經將這座魔王塔變成讓人類觀光的文創園區了。
文創？
文創就是「用文化創造商機」啊！
魔王塔入場售票
全票300/半票150
注意：
創業三十年
大魔丸
咖啡
混帳！魔族的文化可不是讓你這樣糟蹋的！
謝謝！真謝謝你！你是我的勇者啊！
I'm Fire

乖孫啊！爺爺今天帶你來這個魔王塔文創園區玩喔！
我們還可以和魔族進行一些文化交流！
來喔！好喝的水妖礦泉水！
哇！這罐水就是魔族的文化精華吧！
沒錯，這罐水蘊含了魔族的文化。
騙你的啦，這就只是一般的礦泉水。
我只是覺得包裝印上水妖大人的照片會比較好賣而已。
我也騙了我的孫子，說什麼文化交流……
我連自己的文化是什麼都不知道了，要怎麼交流啊……

被人類摧毀家園的龍族正在努力重建家園，盼望能夠回到從前的生活。
被人類打敗的病魔正在尋找人生的意義，希望找回自己存在於這個世界的價值。
SICK
被人類催繳房租的魔王正在利用文創園區增加收入，奢望能繳出這一個月的房租。
魔王塔入場
全票 300/半票
注意:
創業三十年
大魔丸
好險我們是人類啊！
誰叫他們打從出生就不是人類呢！活該！

你真是不簡單啊！能和我連續對戰三天兩夜！
妳也是啊！我差點就要被妳弄到沒有慾望了！
慾望女王大人！魔王塔……
魔王塔被改建成文創園區了！
什麼？
看來魔王大人已經有所覺悟了呢。
什麼嘛！你們魔族還是有點生意頭腦嘛！
既然如此，我就不跟你們搶地盤了！
你們的文創園區可別讓我失望喔！
你們的文創帝國可別被我們打敗囉！

您今天就要去勇者法庭開庭了呢！正統勇者先生！
妳是……之前被我抓進來的……
魔王的愛將之一……
魔將「報廢女妖」！
能和您關在同一座監獄，真是倍感榮幸呢。殺了勇者這件事，應該會讓您被關一輩子吧！
不過，我覺得像您這樣的人，不適合待在這裡呢！怎麼樣？想不想和我聯手離開這裡？

起初，我和許多勇者一樣，只是單純想要拯救這個世界。
我揮舞著手中的劍，每打倒一個魔族，就覺得世界又更和平了一點。
但魔族也是生命，即使我是為了正義，也確實殺害了許多生命。
為了拯救人類的世界而毀掉魔族的世界，這樣做真的對嗎？
終於，輪到我的世界被摧毀了，沒人願意拯救我的世界。
就算走在街道上，也不再有人把我當作勇者，我就只是個過去式。
到最後，我甚至被當作人類的敵人，可真諷刺，不是嗎？
現在的我，到底是人類還是魔族呢？

正統勇者先生，準備上勇者法庭了。
接下來請交給我吧！希望您能好好配合！
我不是被處死刑，就是被關一輩子，有差嗎？
不，身為您的律師，我不會讓這些事情發生。
我一定會努力讓您的判決被減到最輕！
算了吧，妳何必那麼努力呢？
因為我這條命就是被正統勇者先生救回來的啊！
那是很久以前的事，您可能早就忘記了！
因為您，讓我下定決心要當勇者律師。
您是個善良又正直的勇者，我們要一起證明給大家看！

你還要繼續相信人類啊？真是個笨蛋呀！
要被人類背叛幾次才甘心呢？
妳閉嘴，報廢女妖說出來的也都是廢話呢！
我只想問妳們一個問題……
現在的我……到底是什麼呢？
一無所有的弱者！
正統勇者先生當然是一個強大的勇者啊！

抱歉了，律師小姐，現在的我並不是勇者。
我恐怕沒有辦法符合妳的期望了。
我知道了，既然如此，那您就跟報廢女妖一起逃獄吧！
我會協助你們！我所期望的，就是您能繼續活下去！
妳不阻止我嗎？
不是每件事都一定要有人出面阻止。
況且這是您的選擇，我為何要阻止您呢？
我只希望您知道，此刻的您並不是毫無選擇。
只是您選擇了「不相信人類」。

想不到那麼輕鬆就逃獄成功了。
我就說吧！
報廢女妖大人！您終於逃出來了！
您不在的時候，我們都有努力耍廢喔！
WASTE
我回來啦！廢物們！繼續讓這個世界變得更廢吧！
這次我還帶了新的夥伴回來！一起來歡迎他的加入吧！
廢
我什麼時候說要加入你們魔族了？我只答應要一起逃獄吧？
哎呀！您以為您現在還有辦法回去當個人類嗎？前勇者先生！

說起來，在你曾經還是勇者的時候，
可是殺了不少我們魔族的同胞呢，你這個冷血的殺手！
不，我不是殺手……
我只是在拯救世界。
還不是一樣！
不一樣，我是為了拯救世界而殺魔族，並不是為了殺魔族而拯救世界。

好吧！算了！
你不想加入我們就算了，那我們就此分道揚鑣吧！
妳不試著阻止我嗎？
你到底有多希望被別人阻止啊！
你是覺得你每做一個決定，就得有人來阻止你嗎？
我不加入妳的話，就是妳的敵人了！
這世界上並不是只有自己人跟敵人啊！
我們兩個從今以後就是彼此的路人了，好嗎？
因此，正統勇者重新踏上他的旅程，或許要繼續復仇，又或許要找回當勇者的感覺。
他和許多人一樣，不知道將會有怎樣的明天到來，就這樣，四年過去了。

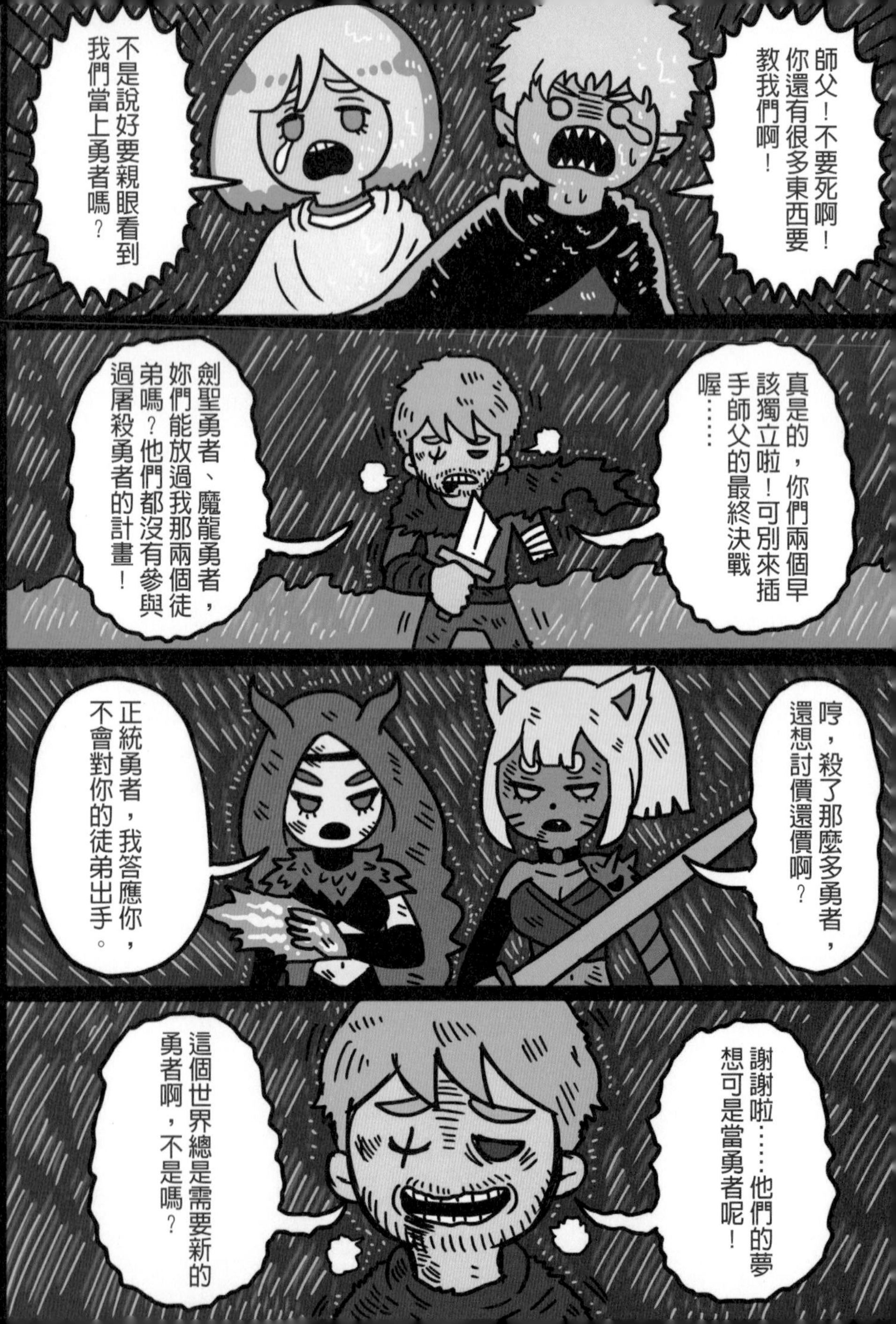

師父！不要死啊！你還有很多東西要教我們啊！
不是說好要親眼看到我們當上勇者嗎？
真是的，你們兩個早該獨立啦！可別來插手師父的最終決戰喔……
劍聖勇者、魔龍勇者，妳們能放過我那兩個徒弟嗎？他們都沒有參與過屠殺勇者的計畫！
哼，殺了那麼多勇者，還想討價還價啊？
正統勇者，我答應你，不會對你的徒弟出手。
謝謝啦……他們的夢想可是當勇者呢！
這個世界總是需要新的勇者啊，不是嗎？

感謝您的相救！請收我們為徒吧！我們都想要成為勇者！
拜、拜託您了！
不要，我還有很多事情要做。
雖然我是魔族，但是我從小就很崇拜人類的勇者！
我……想成為勇者，幫助別人！
已經是三年前的事了，時間過得真快啊……
劍聖勇者啊，妳這輩子有做過任何一件妳認為「正確」的事嗎？
正不正確對我來說並不重要。
你已經想好你的遺言了嗎？
我啊……
是一名勇者！

正統勇者已經被我們解決了，你們再派人來回收他的遺體吧。
是啊，他很難纏呢，真是一份苦差事啊
辛苦了。
別說客套話了，記得給我加薪就好！
他那兩名徒弟該怎麼處理呢？
什麼徒弟！那只是他的一廂情願，我們和那名惡徒一點關係都沒有，勇者大人！
對啊，我們只是想要成為勇者，為國家盡一份心力！
哈哈，翻臉比翻書還快啊！相信我，你們絕對會成為很棒的勇者！
後生可畏啊。

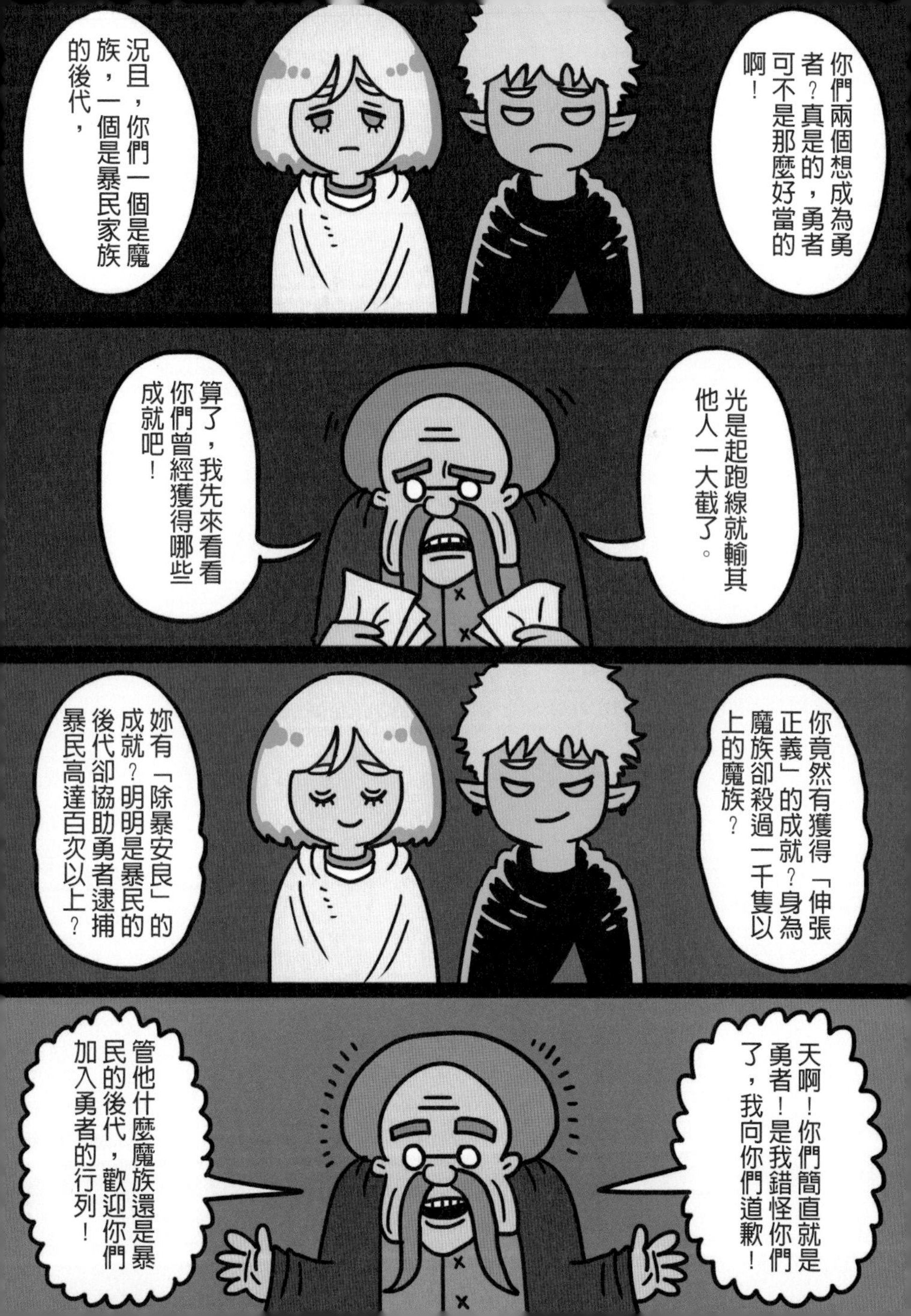
你們兩個想成為勇者？真是的，勇者可不是那麼好當的啊！
況且，你們一個是魔族，一個是暴民家族的後代，
光是起跑線就輸其他人一大截了。
算了，我先來看看你們曾經獲得哪些成就吧！
你竟然有獲得「伸張正義」的成就？身為魔族卻殺過一千隻以上的魔族？
妳有「除暴安良」的成就？明明是暴民的後代卻協助勇者逮捕暴民高達百次以上？
天啊！你們簡直就是勇者！是我錯怪你們了，我向你們道歉！
管他什麼魔族還是暴民的後代，歡迎你們加入勇者的行列！

你們兩個想加入我的派系啊？
怎麼？你們也討厭男人嗎？
不，我只是聽說女子漢勇者大人您的派系最常參與各種戰役！
沒錯！我們想透過更多實戰來累積自己的經驗！
原來如此，很好，我就讓你們早點體驗職場的殘酷吧！

話說，女子漢勇者派的男勇者還真多啊！
是啊，這個派系不是應該很討厭男人嗎？
新人，並不是只有女人有權利討厭男人啊！
況且，你自己不也是男勇者嗎？
所以前輩你也討厭男人嗎？
哼，我才不是為了這個理由加入這裡！
我是為了更崇高的理由。
我愛女人！我超愛女人啊！男人怎麼樣都與我無關！
喔喔。

就這樣，我們跟著前輩們一起討伐魔族，他們砍殺魔族就跟呼吸一樣輕鬆簡單。
或許在魔族眼裡，他們就只是瘋狂的殺人魔吧，但是在人類眼裡，他們可是英雄。
就像前輩所說的：我們不是屬於全世界的勇者，我們是只屬於人類的勇者！
因為我們的表現都非常出色，沒多久後，我們也成了擁有「稱號」的勇者。
我們被稱為「黑魔勇者」與「白刃勇者」。

水妖礦泉水、炎魔咖啡、
病魔酸痛貼布、
NO SICK
WATER
COFFEE
搖滾巨星報廢女妖的演唱會與周邊……
就是這些東西把人類的錢都搶走了。
WASTE YOUR LIFE
廢
明明只是一些經過包裝的常見商品啊！
是啊，為什麼人類會喜歡這些東西呢？
笨蛋！在這個時代，包裝就是一切啊！
我們勇者也只是一群經過包裝的混帳啊！

前輩，我們要怎麼做才會被所有人認同？
時間和場合很重要，即使我們有錯，只要時間和場合對了，我們做的事就有可能被認同。
但是，在不對的時間和場合，不管妳做了自以為多正確的事，它都會被解釋成是錯的。
話說回來，這世上沒有一件事是所有人都認同的，妳以為大家都想要世界和平嗎？

謝謝你，賢者，多虧了你，讓整個魔族的經濟都起飛了！
現在不但不用擔心付不起魔王塔的房租，還可以一次租十棟！
別這麼說，那是因為你們魔族有滿滿的文化可以創造商機啊！
我只是將你們的寶藏挖掘出來罷了！
因為付得起更高的薪水，有許多魔族都自告奮勇加入魔王軍了！
現在才知道「有錢好辦事」這句話的意義呢！
我們必須更有錢才行，要靠文化侵略來賺到更多錢！
在這個時代，金錢就是力量！金錢就是榮耀！金錢就是一切！

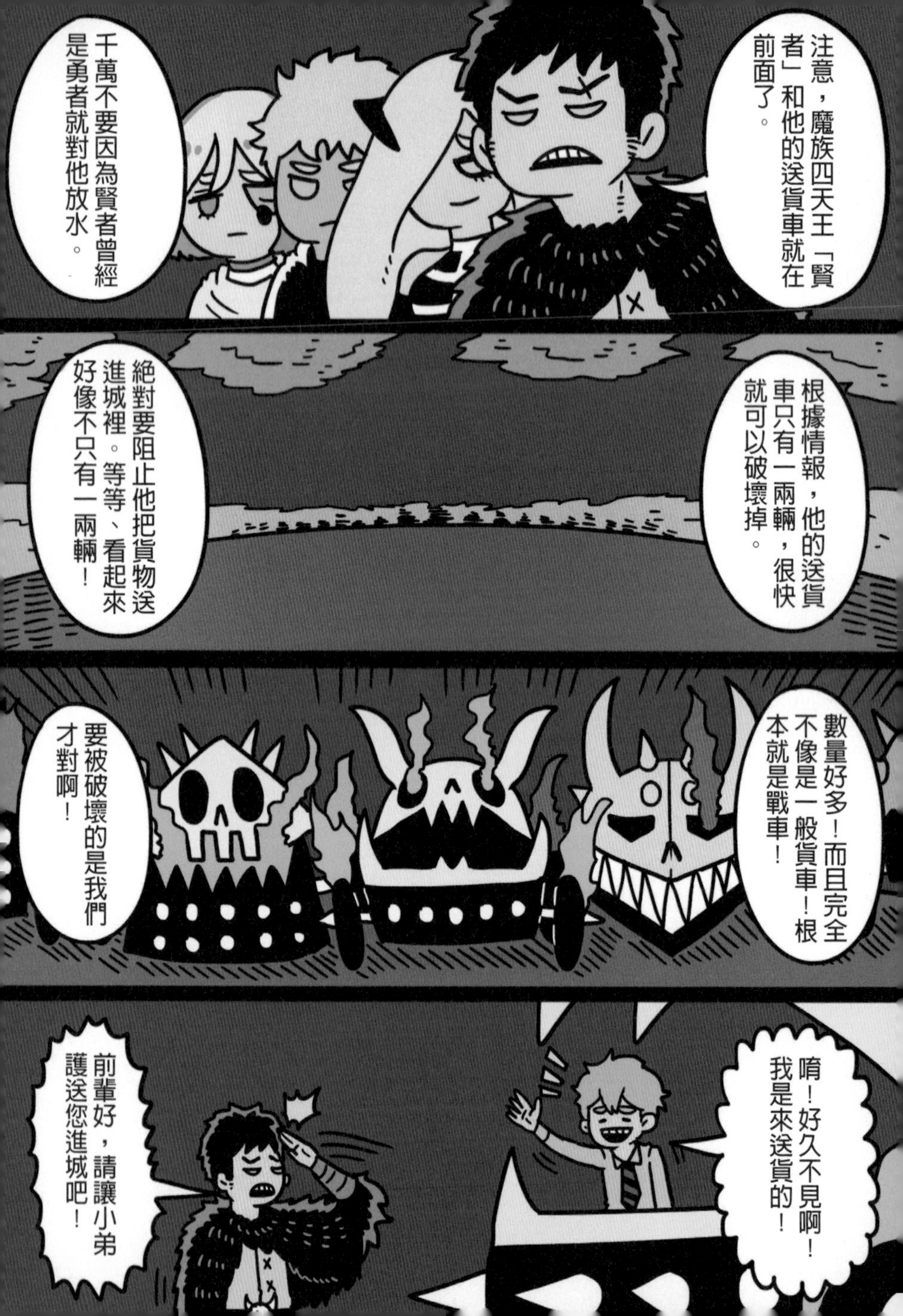
注意，魔族四天王「賢者」和他的送貨車就在前面了。
千萬不要因為賢者曾經是勇者就對他放水。
根據情報，他的送貨車只有一兩輛，很快就可以破壞掉。
絕對要阻止他把貨物送進城裡。等等、看起來好像不只有一兩輛！
數量好多！而且完全不像是一般貨車！根本就是戰車！
要被破壞的是我們才對啊！
唷！好久不見啊！我是來送貨的！
前輩好，請讓小弟護送您進城吧！

看來我們的任務失敗了，想不到他們的陣仗這麼大！
竟然動用那麼多兵力來護送這些貨物……
你們看，那臺戰車，裡面載的可不是一般的魔族啊！
裡面是魔族新的四天王之一，「戰鬼」！
他可是魔族眼中的大英雄啊！
我知道，我對他可是非常的了解，大英雄？或許對魔族來說是吧。
我就是因為他，才決定要來當人類的英雄！

老公，魔族進人類的城裡推廣他們的文創了。
他們最近火力全開啊。
哈哈哈哈哈，公平勇者師父還真是努力啊！
不錯！魔族終於開竅了呢，他們那位賢者可真是不簡單！
看來我們也得加緊腳步了。老婆，妳已經準備好了嗎？
唉，你真的要去找我的哥哥談結盟嗎？
沒錯！他絕對會是個強大的盟友。妳那麼怕妳自己的哥哥啊？
是啊，他是一條可怕的龍，在我還小的時候就離開了龍族，並且自成一國。
連歷代的人類國王都不敢招惹他，他是一條真正的「惡龍」啊！

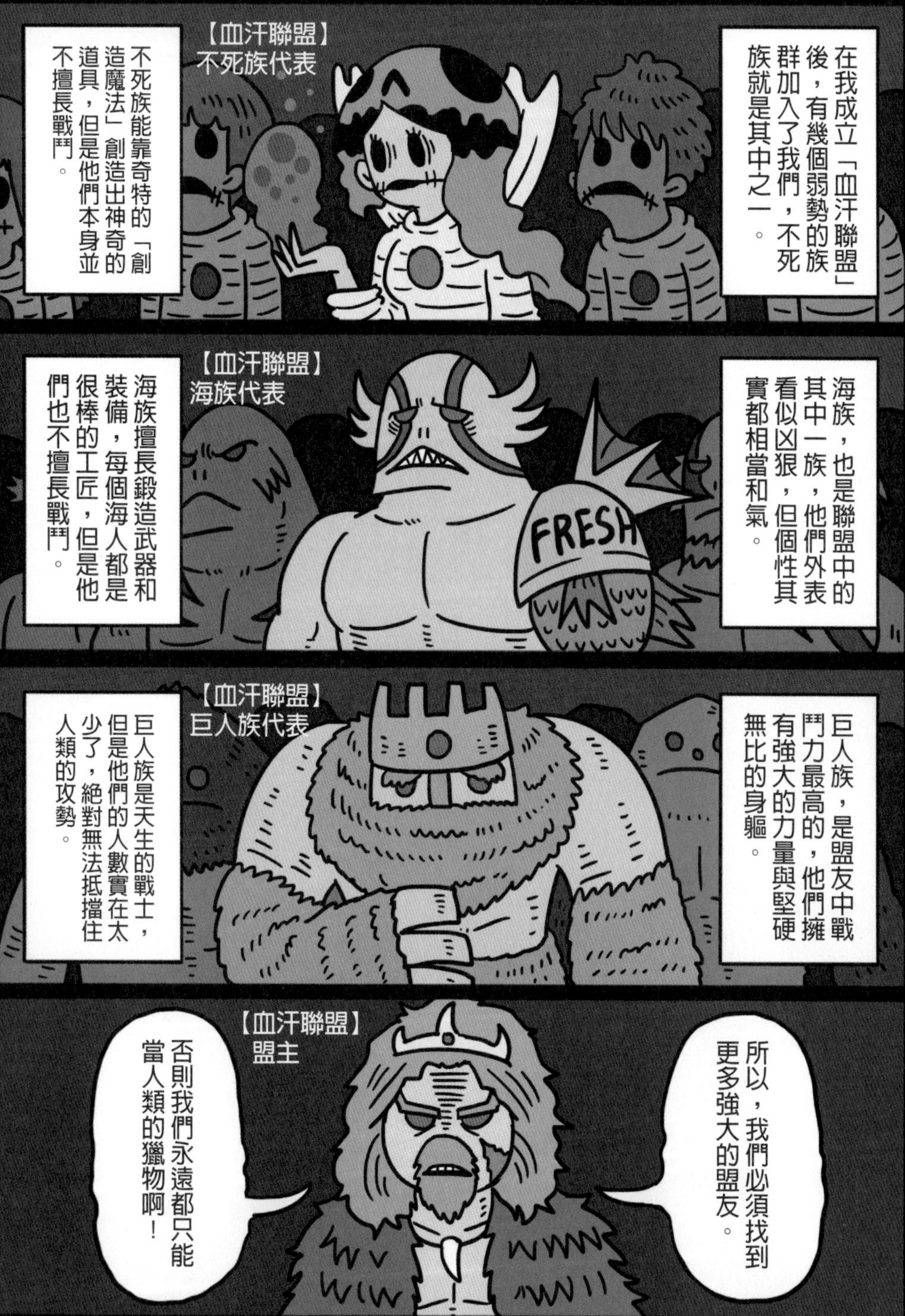
在我成立「血汗聯盟」後，有幾個弱勢的族群加入了我們，不死族就是其中之一。
【血汗聯盟】不死族代表
不死族能靠奇特的「創造魔法」創造出神奇的道具，但是他們本身並不擅長戰鬥。
海族，也是聯盟中的其中一族，他們外表看似凶狠，但個性其實都相當和氣。
【血汗聯盟】海族代表
FRESH
海族擅長鍛造武器和裝備，每個海人都是很棒的工匠，但是他們也不擅長戰鬥。
巨人族，是盟友中戰鬥力最高的，他們擁有強大的力量與堅硬無比的身軀。
【血汗聯盟】巨人族代表
巨人族是天生的戰士，但是他們的人數實在太少了，絕對無法抵擋住人類的攻勢。
【血汗聯盟】盟主
所以，我們必須找到更多強大的盟友。
否則我們永遠都只能當人類的獵物啊！

盟主，關於你要去找的「那條龍」，我打從他離開龍族時，就在關注他了。
他離開龍族可是好幾百年前的事情耶！
唉唷！你討厭啦，你明明就知道人家是不死族！
人家可是活得比那些龍族還要久餒！
言歸正傳，那條龍當時破壞了某座人類的大城市，並且佔據為自己的地盤至今。
他將自己當成人類，不允許其他人稱他為龍，還給了自己一個像是人類的名字，
達爾文。

第五章
龍族的過去

不知道是從什麼時候開始，這張任務單就一直貼在勇者公會的牆上。
S·MISSION
DARWIN
上頭畫著一頭龍，並且寫著「達爾文」，這是一張S級的任務單。
慢慢的，牆上有越來越多不同的任務單。
S·MISSION
DARWIN
而那張「達爾文」依然貼在那裡。
無論怎麼挑戰，都沒有勇者能打敗「達爾文」，一個都沒有。
S·MISSION
BLOOD KING
S·MISSION
DESTROY KING
A·MISSION
既然如此，大家就只好當作沒看到「達爾文」的任務單。
「解決問題最好的方法，就是當作沒有問題存在。」
TOOTH
S·MISSION
FAIR BRAVE
A·MISSION
最後，「達爾文」終究還是被新的任務單給蓋過去了。

在遙遠的某處，有一座巨大的城鎮，城鎮裡住了許多的龍。
那些龍模仿人類，給了自己「勇者」的稱號。
對了，那座城鎮裡還居住著許多人類，而且他們與龍和平共處。
人類的國王一直想奪回這座被龍佔領的城鎮，但始終沒有成功。
「人類的城鎮就該由人類來統治」，國王總是這樣想，即使他從來都沒有在這裡居住過。

你要見達爾文大人嗎？血汗聯盟的盟主。
好，就由我「劍豪勇者」帶你去找達爾文大人吧！
劍豪勇者……聽起來還真像個人類啊。
啊，抱歉，你們本來就是人類沒錯吧？
沒錯，我是人類。
青龍小姐，在我眼裡，妳也是個人類喔！
我是龍啦！

青龍小姐，我把妳當成人類是對妳的尊重啊！
這年頭，大家不是都想當人類嗎？
我是龍，而你在我的眼裡也是一條龍。
不！我是人類！妳也是人類！
沒錯吧？血汗聯盟的盟主啊！
對我來說，是人類還是龍都不重要，我只知道，
因為青龍是青龍，我才會深愛著她。
呀！
噢。

妹妹啊，想不到妳竟然會和人類結婚，不錯不錯不錯！
而且還是血汗聯盟的盟主！話說，你做這行的年收入很高嗎？
沒禮貌的問題。
你就是達爾文嗎？
不好意思不好意思，對對對對，我就是！
這是我的名片！還請多多指教！
想：「這條龍也太人類化了吧！」
「面對如此人類化的龍，我真的有辦法好好跟他打交道嗎？」

哥哥，至今我仍然無法理解你的所作所為。
我做任何事，還需要先讓家人理解嗎？
就算讓你們理解了又怎樣？能讓這一切有所改變嗎？
說到底，你們根本不理解這個世界的真相！
我啊，已經理解這整個世界了！
或許吧，除了你自己的家人以外。

達爾文，有客人啊？
啊！是的！
妳是……
「前」魔族四天王之一的欲望女王！妳怎麼會在這裡？
呀！屠龍勇者，不、你現在是血汗聯盟的盟主對吧！
因為達爾文是個求知欲很強的孩子，我最喜歡滿足別人的欲望了啊！
真的要感謝您帶給我那麼多知識啊！
那麼，盟主先生，你對於龍族到底了解多少呢？
你知道藏在龍族背後的真相是什麼嗎？

如何？血汗聯盟的盟主啊，你有勇氣知道龍族的真相嗎？
知道了以後，你可能就會無法繼續愛龍族了喔！即使如此，你還是想知道嗎？
我不想知道。
欸欸？？？哪有這樣的！你不能這麼沒有求知慾啦！
我好想告訴你真相喔！討厭啦！好想說喔！
那我只好用魔法把你的求知慾給激發出來了！
既然妳那麼想說，就不要問我想不想知道嘛！

別害怕。
我們就快到了。
就在眼前了。
那邊一定是個好地方。
是啊，不管怎樣都比我們原本的國家好。
即使這裡是冰天雪地，卻比故鄉更溫暖。
被自己的國家趕了出來。
他們來到了寒冷的遠方，迎接「溫暖」的新生活。

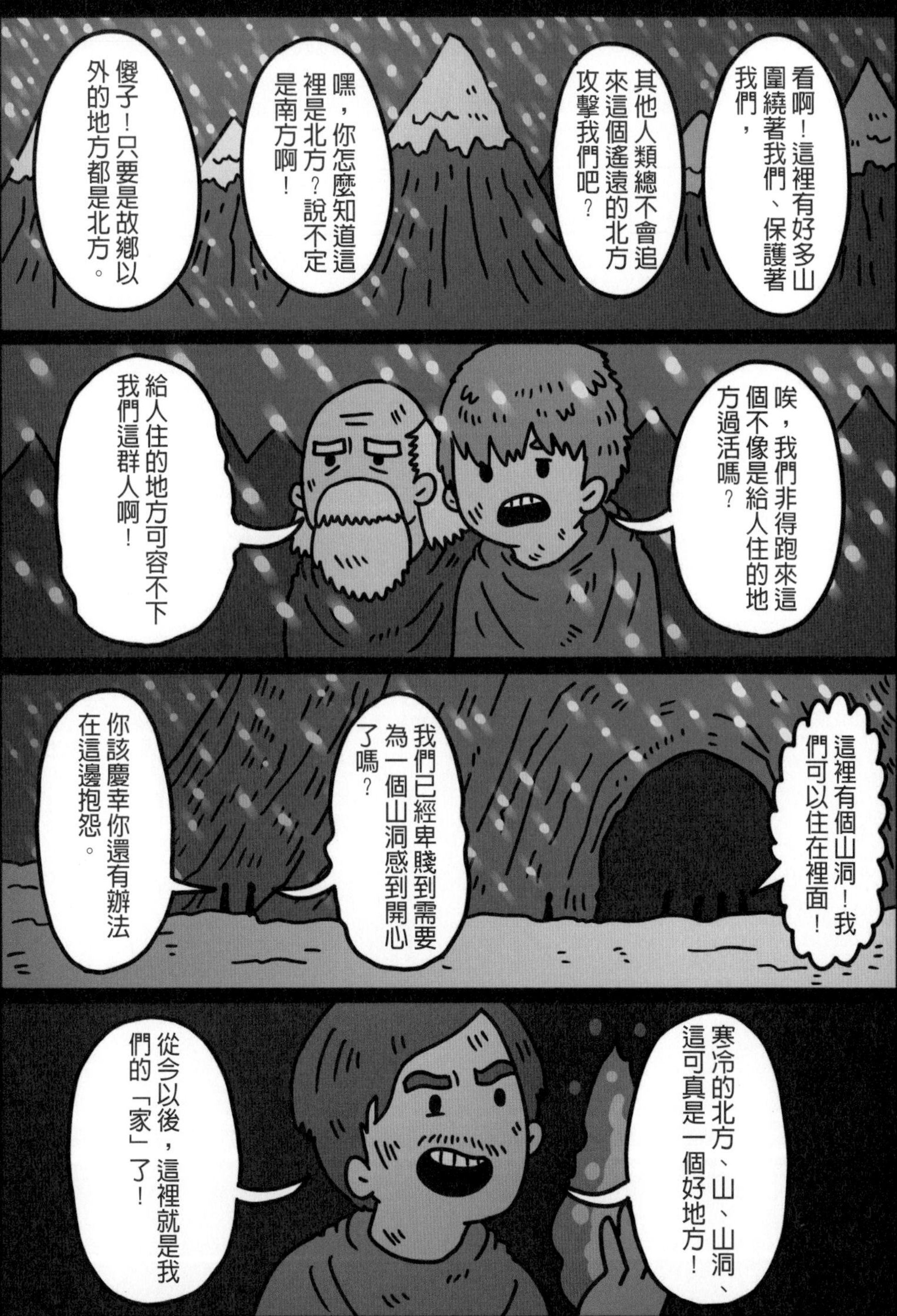
看啊！這裡有好多山圍繞著我們、保護著我們，
其他人類總不會追來這個遙遠的北方攻擊我們吧？
嘿，你怎麼知道這裡是北方？說不定是南方啊！
傻子！只要是故鄉以外的地方都是北方。
唉，我們非得跑來這個不像是給人住的地方過活嗎？
給人住的地方可容不下我們這群人啊！
這裡有個山洞！我們可以住在裡面！
我們已經卑賤到需要為一個山洞感到開心了嗎？
你該慶幸你還有辦法在這邊抱怨。
寒冷的北方、山、山洞、這可真是一個好地方！
從今以後，這裡就是我們的「家」了！

媽媽，為什麼我們會被國家給趕出來呢？
乖女兒，因為我們都有強大的魔力啊！
對耶，連我這樣的小孩子都能使用強大的魔法，
難怪國家如此害怕我們，他們只是一群看不起自己的凡人！
不過我們很善良，完全沒有傷害過那些可悲的凡人。
我們就是不敢反抗，才會被趕出來啊！
噢！魔法不是拿來傷害別人的。
國家也不是用來驅逐自己人的啊！

我們明明就能用魔法火焰把那些驅逐我們的人類都燒死。
傻孩子，魔法火焰不是用來殺人的，它是拿來烹飪料理的。
就是因為你這種想法，我們才會在這冰天雪地的鬼地方苟延殘喘！
放開你的心胸！仔細看，其實這裡是一個非常美麗的樂園啊！
你就樂觀到死吧！怎樣？很溫暖嗎？
殺、殺人啦！
啊！終於有食物可以吃了！都快餓死了！
這鬼地方連個食材都找不到！
噢，所以你們不敢反抗敵人，卻敢吃自己人的肉？

當人們發現人肉非常美味以後，人們開始把自己的族人當成食物吃。
每隔一段時間，就要選出一位「肉」，並將他做成料理供大家吃。
但是，再這樣下去，總有一天會把全族的人都吃光。
族裡的高層開始認真思考，究竟要怎麼解決這個難題。
他們致力於研發魔法，相信會有某種魔法能夠拯救他們。
終於，他們研究出了一個強大的魔法，一個能夠拯救所有人的魔法。
這個魔法能夠將族人變大幾十倍，這樣一來，一個人的肉就可以讓大家吃上好一段時間。
大家總算能夠安心的在這冰天雪地中度過了！感謝魔法！感謝肉！

要成為「肉」，可不是件容易的事，必須通過生理與心理的篩選才可以。
我們必須要身體健康，沒有反社會人格，不會因為變成肉被吃掉而感到悲傷或憤怒。
妳確定變成肉以後，不會憎恨我們、攻擊我們嗎？
才不會！能變成肉是我的榮耀！我愛我的族人！我愛這世界！
再怎麼說，我都受過良好教育了！
「憎恨」或「攻擊」這些事，是沒受過教育的人才會做的！
好燙！好痛！好痛喔！救救我！
啊，可是我的肉好香喔！我也好想吃喔！

因為有吃不完的「肉」，族人們日漸壯大，他們有著健康的身體與滿滿的後代。
幾十年後，他們的人數已經足以建立起一個國家了，他們還有著完整的社會制度，感謝肉！
然而，由於族裡的人數越來越多，所以變成肉的人也越來越多，他們還建造了「肉牧場」。
「肉牧場」裡充斥著許多等著被吃的肉，他們沒有任何人生目標，就只是等著被吃。
不過，有一群人對於這樣的現況非常不滿，他們不斷找尋能夠推翻這一切的方法。
雖然不滿現況，但他們也是靠著那些肉活到了現在，他們痛恨自己，痛恨這個世界。
時機已經成熟，我要改變這一切！
改變這個將錯就錯的荒謬世界！

被變成「肉」的人類，都被安置在「肉牧場」等著被吃，那麼，他們又要吃什麼呢？
沒錯，他們的食物也是「肉」，也就是自己的同類，然而，要成為肉的肉也得通過篩選。
肉牧場中的高層會決定誰要當肉們的肉。
你被選為我們下一餐的肉，接受這份榮耀吧！
其實，被變成肉的大家，還是挺害怕被吃的。
正因為害怕被吃，肉之中有一群肉將自己當作高層，建立起肉牧場的社會制度。
他們能夠決定誰要被肉吃，也能決定誰要被人類吃，肉們也都相當服從這些高層的決定。
我，就是肉們下一餐的食物，明明身為肉，卻要被肉吃掉，真可悲不是嗎？
至少，也讓我被人類吃嘛，算了，到頭來像我這樣的肉，也只有被其他人吃掉的份，對吧？

你今晚就要被吃掉了，你的人生到最後就只是變成餐桌上的一盤肉。
面對這樣的人生，你難道都沒有感到憤怒嗎？
我是肉啊，肉不就是這樣嗎？沒辦法嘛！
至少我的生命能夠成為大家的養分啊！
不！你的生命該由你自己作主！憤怒吧！對一切感到憤怒吧！
哇啊啊啊啊啊啊！
噢喔喔喔喔喔！
吼啊！

噢喔……！
哈哈哈！成功啦！你已經不再是任人宰割的肉啦
怎麼樣？你現在有什麼感覺？
恨啊啊啊啊啊！

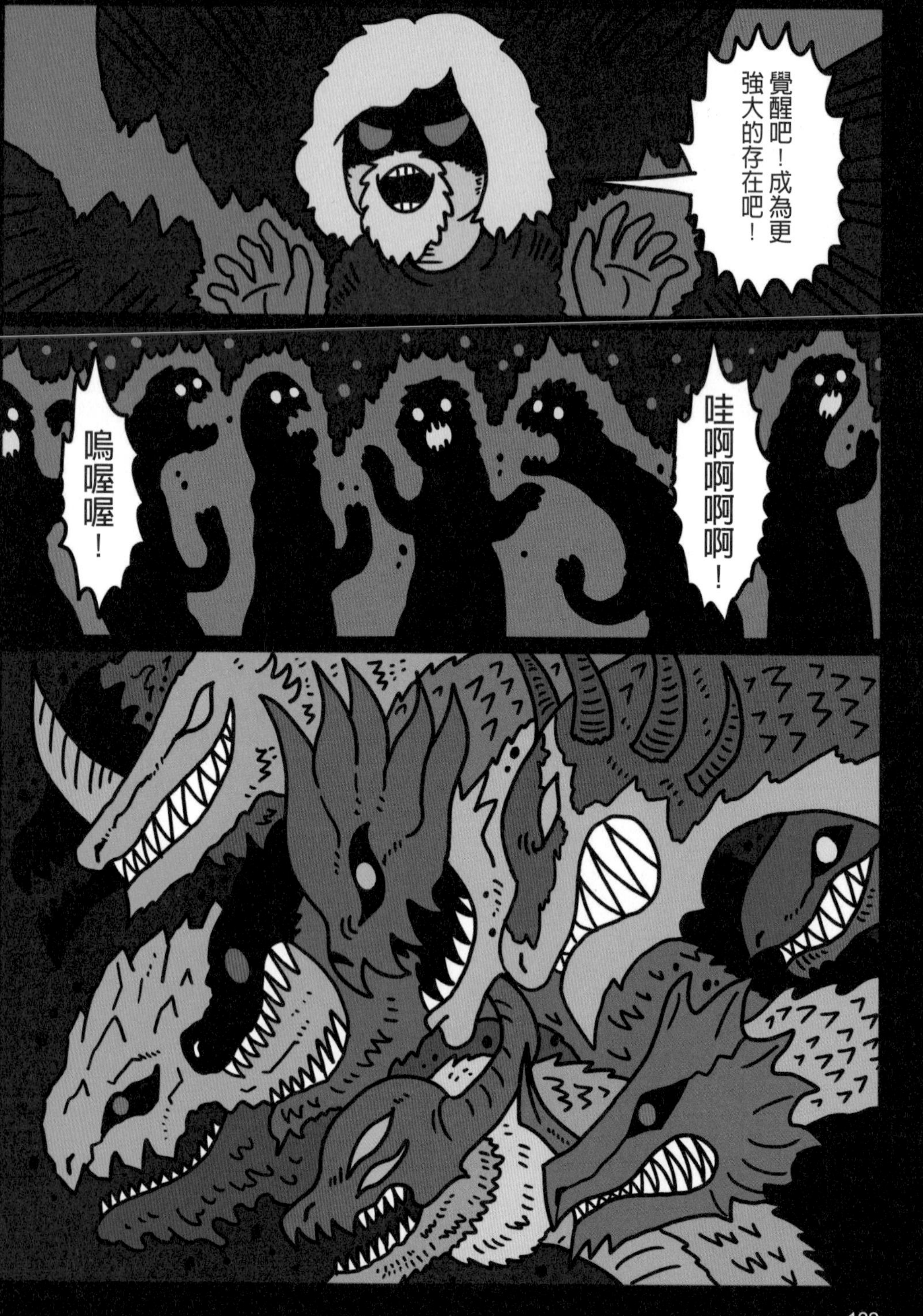
覺醒吧！成為更強大的存在吧！
哇啊啊啊啊！
嗚喔喔！

這餐的肉跑去哪了？都已經到用餐時間了，我快餓死了！
我來了。
噢……
你看起來好像……有點不太一樣啊？
彷彿變得……更加美味了！
哇啊啊啊！

可惡！這個肉不怕火焰啊！
！
這些低賤的肉怎麼會變成這樣？
肉牧場都被牠們摧毀了！混帳！
哇啊啊啊！
好燙啊！
把這些人類高層全燒光吧！哈哈！
如何？被底層壓在頭上的感覺不錯吧？

狂暴的肉一路追殺人類的高層，從山洞裡追到山洞外。
當人類終於越過他們居住的那座山，那座幾十年來不曾越過的山。
怎麼會……？竟然……
越過那座山後，眼前的景象讓人類非常震撼。
肉們見到眼前的景象，落下了淚水，落下他們以為早已哭乾的淚水。
嗚喔喔喔喔！
事實上，那並不是什麼特別的美景，就只是一片草原。
一片充滿著動物的草原，一片充滿著食物的草原。

我們找尋那麼久的答案，竟然就只隔了那麼一座山，
就只是一座山……
就只是一座山啊！
你們要是有越過……不，我也一樣，我根本沒想過要這麼做……
我跟你們一樣都是罪人啊！
我們所經歷的一切都是毫無意義的嗎？
不。
我們不會讓這些事情毫無意義！
我們會靠這副強悍的身體去復仇！
去對抗那些當初把我們從國家趕走的人類吧！

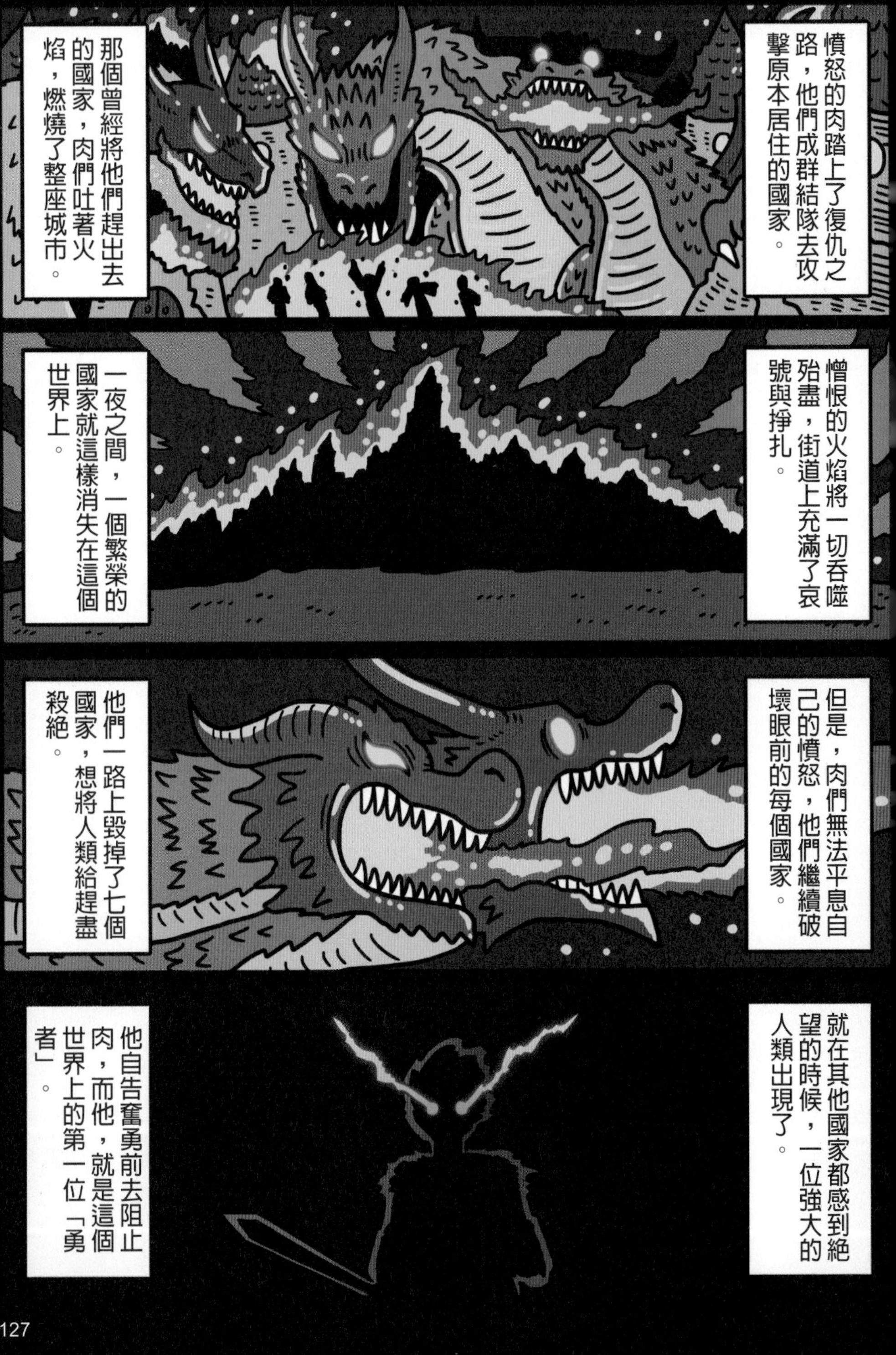
憤怒的肉踏上了復仇之路，他們成群結隊去攻擊原本居住的國家。
那個曾經將他們趕出去的國家，肉們吐著火焰，燃燒了整座城市。
憎恨的火焰將一切吞噬殆盡，街道上充滿了哀號與掙扎。
一夜之間，一個繁榮的國家就這樣消失在這個世界上。
但是，肉們無法平息自己的憤怒，他們繼續破壞眼前的每個國家。
他們一路上毀掉了七個國家，想將人類給趕盡殺絕。
就在其他國家都感到絕望的時候，一位強大的人類出現了。
他自告奮勇前去阻止肉，而他，就是這個世界上的第一位「勇者」。

我已經將全族的人都變成了肉，如今已經沒有人類可以阻擋我們了！
沒錯！感謝肉族長大人的魔法啊！
整個世界都要臣服於我們肉族的腳下啦！
你們叫作龍族啊？聽起來滿厲害的嘛！
!?
啊，不好意思打斷你們的對話。
說實話，我很感謝你們啊，龍族！
因為你們出現，讓我的人生終於有了價值！

我生在一個最和平的時代，但對我來說，也是一個最悲慘的時代。
我有強大無比的力量與魔力，卻無從發揮，因為世上沒有必須依靠武力對抗的敵人。
社會上雖然充斥著黑心的商人與政客，但世人早已慢慢習慣他們的所作所為。
即使不用對抗他們，大家還是活得好好的，那又何必與他們為敵呢？
這個時代的人們都喜愛閱讀，閱讀那些作家諷刺社會、對社會現況表達不滿的作品。
這讓他們能從作品上獲得共鳴以及救贖，即便他們都知道，這樣做並不能改變什麼。
在這個人類與魔族和平共處的時代，空有力量的我，就只是個一無是處的廢物。
所以我一直盼望著，這個世上能出現需要藉由戰鬥來打倒的敵人，無論那個敵人是善是惡。

受死吧！人類！
嘗嘗我們的怒火吧！
嘿咻
也是有這種時候呢！拚了命的發洩自己滿腔的怒火，以為可以藉此改變世界……
結果在巨大的力量面前，你終究還是什麼都改變不了，就好像你的憤怒是場笑話！

夠了……
住手吧……
我們認輸了，我們答應你的國王所提出的「同盟」……
從今以後，我們不會再攻擊人類，我們會和人類並肩作戰……
可惡！到頭來，我們還是只能聽命於人類嗎？我們付出的一切難道都白費了嗎？
至少你們曾經反抗過啊。
光憑這點，你們就應該要對自己感到光榮了。

國王大人，牠就是龍族的首領。
龍族啊……真是讓人大開眼界呢！
你雖然要我們和人類結盟，
但是同盟要做什麼？人類除了我們，根本就沒有其他敵人啊？
我不是要你們和人類結盟。
我是要你們跟「我國」結盟，這世界總共有四十四個國家，
你們已經消滅了七個，所以，你們要和我國一同對抗另外三十六個國家，這樣懂了嗎？
沒有敵人，就要自己創造敵人！
我要將其他國家擊敗，成為世界第一強國！

其實我很感謝龍族的出現，因為牠們，讓我知道了你的存在。
說來可笑，在牠們出現以前，像你這樣的強者根本沒有表現的機會。
不知道從何時開始，人類捨棄了戰士、士兵這些職業，現在都只有滿街的農夫與商人！
人類逐漸失去了戰鬥的本能，大家卻一副無所謂的樣子，享受著和平的假象！
我要喚起人類最原始的力量，從現在起，我要召集那些和你一樣強悍的人類！
我國將建立起士兵的制度！我將會帶領人類走向更美好的未來！
將來，人們一定會感謝我！我做的一切都會讓人類變得更強大！
讓我們一起迎接新時代來臨吧！

與龍族同盟後，國王將龍族消滅的七個國家全都納為自己的國土。
並且以優渥的薪資與尊貴的地位來招募其他國家的強者。
然而，在經歷龍族事件後，其他國家仍然沒有將這當一回事。
他們一樣不把身懷絕技的強者放在眼裡，依然認為那些人永遠都派不上用場。
那些不被自己國家重視的強者，只好離開家鄉，前往那個招募強者的國家。
畢竟那裡的薪資與地位十分誘人，最重要的是，他們終於被人需要。
那位招募強者的國王，賜予強者們一個職業，那個職業就叫作勇者。
最後，國王還將國家改名為「勇者國」。

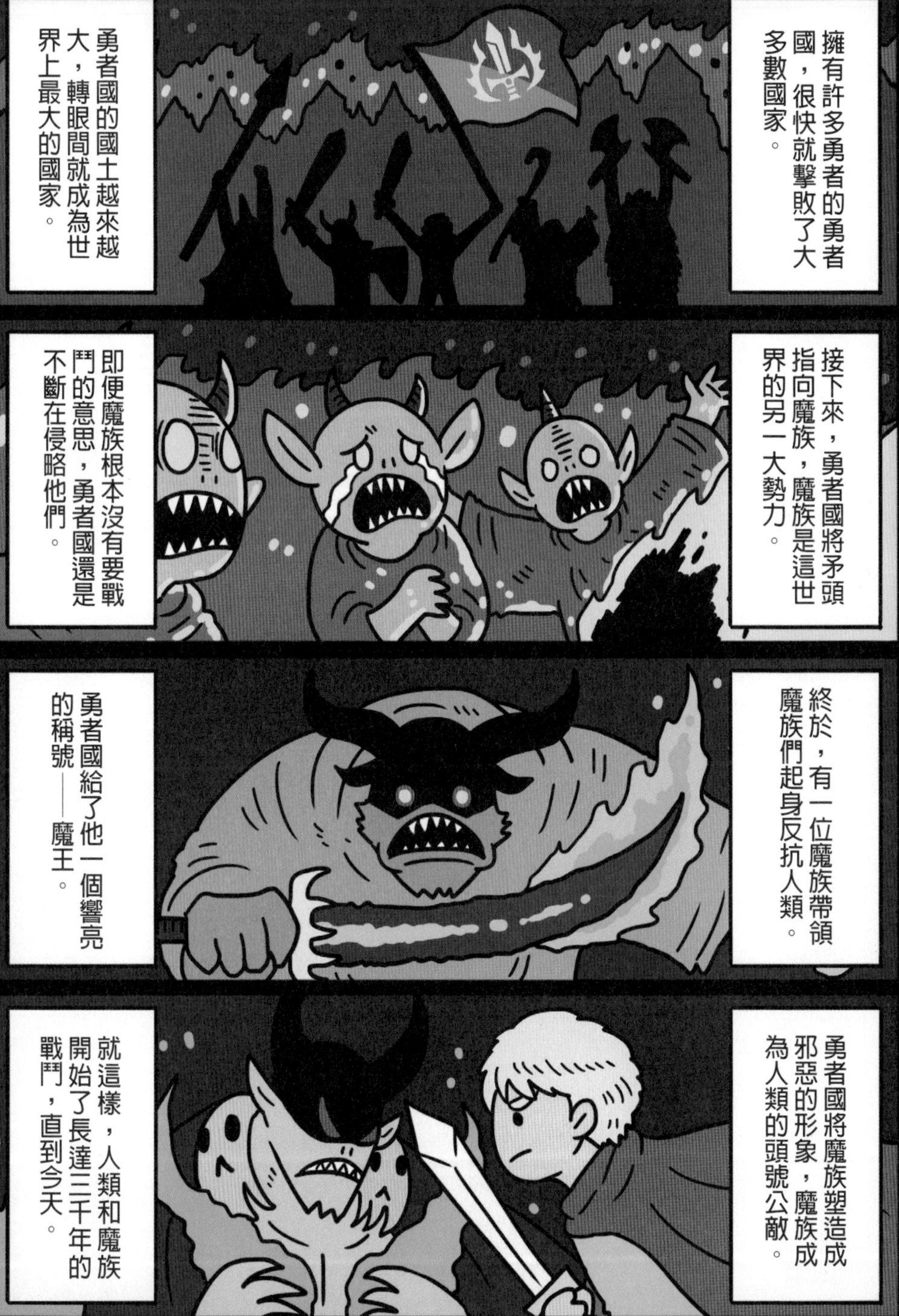
擁有許多勇者的勇者國，很快就擊敗了大多數國家。
勇者國的國土越來越大，轉眼間就成為世界上最大的國家。
接下來，勇者國將矛頭指向魔族，魔族是這世界的另一大勢力。
即便魔族根本沒有要戰鬥的意思，勇者國還是不斷在侵略他們。
終於，有一位魔族帶領魔族們起身反抗人類。
勇者國給了他一個響亮的稱號——魔王。
勇者國將魔族塑造成邪惡的形象，魔族成為人類的頭號公敵。
就這樣，人類和魔族開始了長達三千年的戰鬥，直到今天。

好啦！以上就是龍族的真相和勇者的由來啦！
怎樣？有沒有很驚訝呢？有沒有嘛？
……確實是挺令人吃驚的，嗯……
老公！我發誓我真的不知道龍族以前是人類變成的！
哈！妳當然不知道！就連我也是費了好一番工夫才知道的啊！
不過，以生理上來說，我跟妳確實都是由龍族繁衍的龍族後代。
即便我心理上是個人類，卻也還是不得不承認這個事實。
青龍，我的老婆啊！別害怕！不管妳是什麼，我都愛著妳啊！
呀！老公！
唔呃……

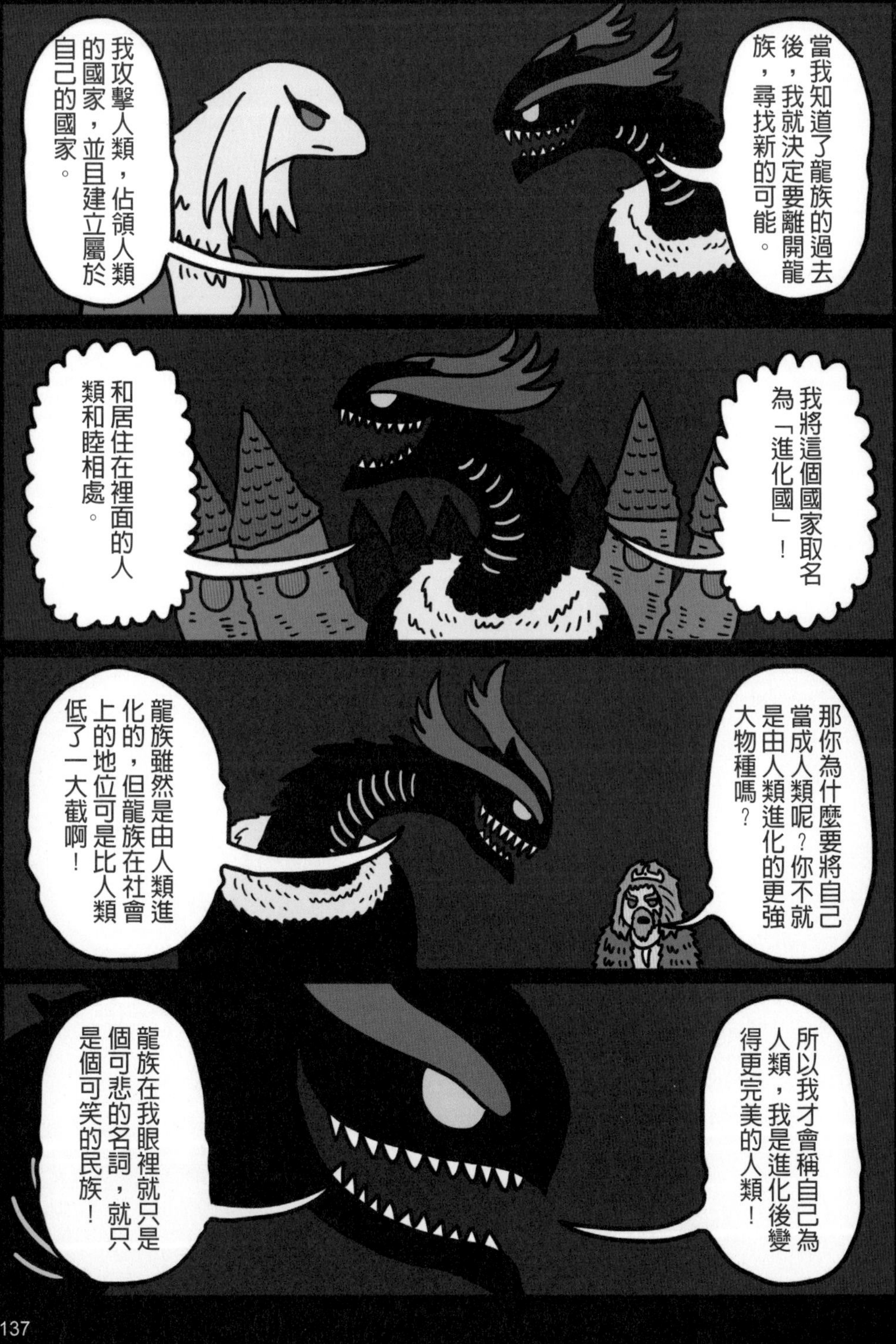
當我知道了龍族的過去後，我就決定要離開龍族，尋找新的可能。
我攻擊人類，佔領人類的國家，並且建立屬於自己的國家。
我將這個國家取名為「進化國」！
和居住在裡面的人類和睦相處。
那你為什麼要將自己當成人類呢？你不就是由人類進化的更強大物種嗎？
龍族雖然是由人類進化的，但龍族在社會上的地位可是比人類低了一大截啊！
所以我才會稱自己為人類，我是進化後變得更完美的人類！
龍族在我眼裡就只是個可悲的名詞，就只是個可笑的民族！

聽說屠龍勇者去找達爾文組成同盟了啊。
是啊，惡龍達爾文可是個狠角色呢！
I'm Fire
說到狠角色，炎魔，我知道你一直都狠不下心殺害人類，
但是，已經越來越多魔族向我反映，你不適任四天王了啊……
你對人類的仁慈，已經帶給魔族許多傷害了，你底下的魔將也都對你的行為感到非常不滿。
我……我不知道該怎麼表達我的歉意……
I'm Fire
或許，你該放個假好好休息一下了。

第二集（完）

番外篇

惡龍們

在遠方，一片冰天雪地的山谷中，住著一群聽起來很強大的生物。
牠們被稱為「龍族」，冰天雪地正是最適合牠們的背景。
不過，牠們並沒有人們口中的那樣強大，牠們的牙跟鱗都被拔光了。
教科書上的龍族，兇惡到像是另一種跟龍族毫無關係的生物。
龍族看起來明明就是那麼和藹可親，連利牙都沒有。
接下來，就來說一些關於龍族的小故事吧。

在龍族都還有著滿口利牙和漂亮鱗片的時候。
老公，我們等待已久的女兒終於出生了，她好可愛喔！
老婆，真是辛苦妳了！這麼努力的把她生下來！
她的身體有著非常漂亮的顏色呢！
是啊，是很漂亮的青色！
哇，她出生後就開始下起大雪了！
這一定是某種暗示吧！她很特別！
真希望她長大後可以成為一條開開心心的龍！
一定會的！只要把鱗片跟牙齒拔光就不會有煩惱了！

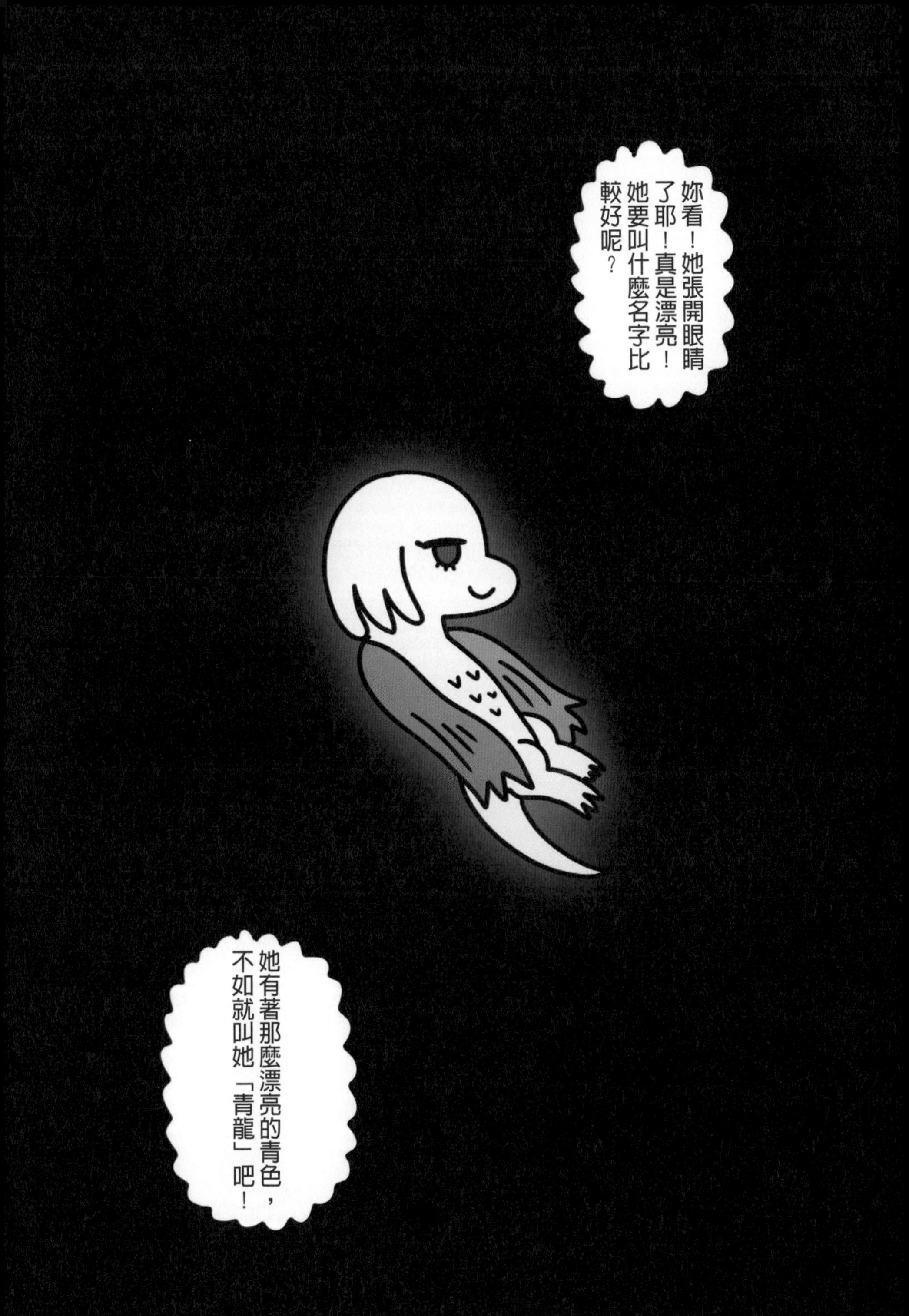
妳看！她張開眼睛了耶！真是漂亮！她要叫什麼名字比較好呢？
她有著那麼漂亮的青色，不如就叫她「青龍」吧！

為什麼……你們勇者要不斷……
不斷殺害我們龍族呢？
我們就只是想安穩地活下去而已啊……
你們是每遇到一個勇者就要問一次嗎？
因為你們的經驗值很多啊，滿意了吧？
因為你們，我們勇者才能越來越強啊！

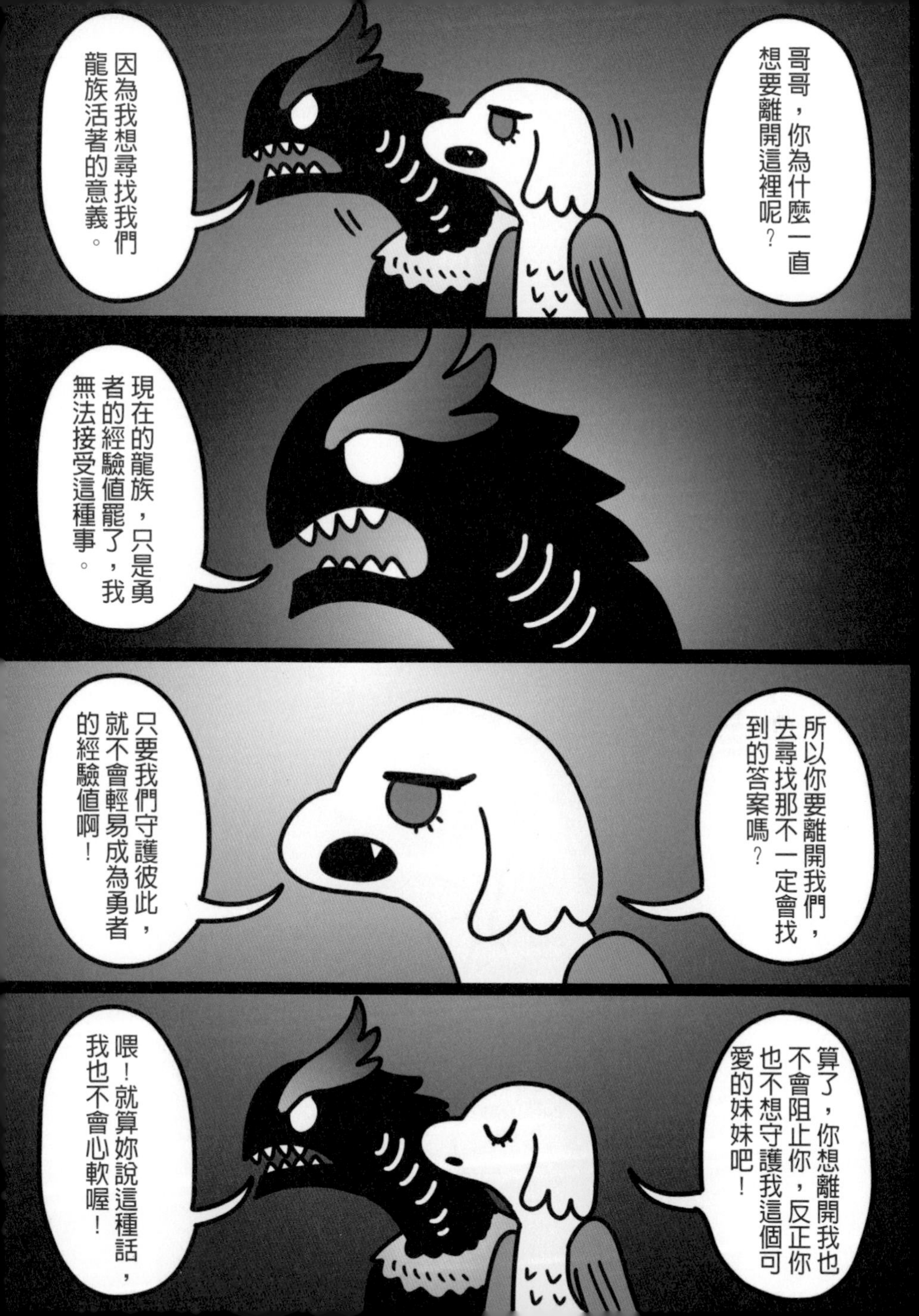
哥哥，你為什麼一直想要離開這裡呢？
因為我想尋找我們龍族活著的意義。
現在的龍族，只是勇者的經驗值罷了，我無法接受這種事。
所以你要離開我們，去尋找那不一定會找到的答案嗎？
只要我們守護彼此，就不會輕易成為勇者的經驗值啊！
算了，你想離開我也不會阻止你，反正你也不想守護我這個可愛的妹妹吧！
喂！就算妳說這種話，我也不會心軟喔！

在我周遭，越來越多龍族「消失」了。
有些龍族，可能昨天才剛跟我打過招呼。
他是個開朗的大叔，每天下午都會去慢跑。
每次慢跑時，只要看到我，就會跟我打招呼。
她是個聞起來很香甜的大姊姊，我很喜歡她。
她在一間甜點店工作，每次都會送我點心吃。
但是，牠們都不見了，永遠都看不到牠們了。
牠們可能已經成為某個勇者的經驗值了吧。

各位村民，勇者大人已經幫我們消滅盤旋在村莊外的惡龍了！
真是感謝他們！這世界因為勇者而美好！
那頭龍……就只是個廚師啊。
算了吧！村民根本不想知道這些，也不用知道！
看看他們那燦爛的笑容，很棒吧？
我們勇者只需要讓村民開心就夠了！

你好像已經好幾個月沒出門了耶！
唉，別說了，我長這樣哪敢隨便出門。
人類可能會直接給我取個「煉獄的惡毒巨龍」之類的可怕稱號，然後將我消滅。
我只是個宅男啊！
我懂，我上次也被取了個「奪命的恐怖惡龍」，至今我都不敢出門，我只是個上班族啊！
還好我長得很普通！啊，不過我其實也不敢出門就是了！
誰叫我們是龍族呢？

設定集

龍族揭密檔案

龍族

居住在北方山谷中的強大種族，本身不愛好戰鬥，時常被勇者狩獵，因為擁有豐富的經驗值，對勇者來說是非常好的練等對象。

龍族的身體構造：

龍角：龍族地位的象徵之一，擁有許多不同形狀。
龍眼：能看到非常遠的遠方。
龍鱗：耐火耐冰耐物理攻擊，擁有很高的防禦力。
龍牙：能咬碎堅硬的岩石。
龍翼：能飛翔，也能作為攻擊手段。
龍火臟：能製造火焰，讓龍可以從嘴巴 射出火焰。
龍尾：能掃斷樹木與建築物。
龍爪：能撕裂金屬的盔甲。

龍族的身體構造（勇者視角）：

龍角：磨成粉末能做成優良藥材。
龍眼：能做成漂亮的珠寶飾品。
龍鱗：能做成堅固且輕盈的盔甲。
龍牙：能做成具高攻擊力的武器。
龍翼：能做成披風或帳篷等物品。
龍火臟：能當作火屬性武器的催化劑。
龍尾：能做成巨型武器。
龍爪：能做成高攻擊力武器。

龍族的身體構造（做成食材的話）：

龍角：磨成粉末能當成好吃的調味粉（有點辣辣的）。
龍眼：磨成粉末能做成保護眼睛的神奇藥粉（也能做成眼藥水）。
龍肉：吃起來沒有想像中好吃，有點硬，也沒什麼彈性。
龍翼：經過加工處理後，會變成好吃的龍翼乾。
龍舌：烤龍舌加上一點鹽巴，非常美味。
龍火臟：是龍族身上最珍貴的食材，也是最好吃的部位，味道很嗆辣。
龍尾：滿有嚼勁的，比其他部位的龍肉還要好吃。
龍掌：炸龍掌在酒吧是很常被點的一道菜。

用龍族製造的裝備檔案

勇者打敗龍族後，
會將龍族的身體做成裝備，
龍族身體做成的裝備十分強悍，
但是在每套裝備背後，
都有一段龍族的故事，
這邊就為各位獻上幾個小故事。

被做成裝備的約翰：
約翰是一條大方的龍，
他總是樂意和別條龍分享他的寶物，
他身邊總是圍繞著許多朋友，
但是，龍緣很好的他，
一直很苦惱自己交不到女朋友。

裝備檔案

001

換算成人類大約 32 歲

被做成裝備的湯姆：
湯姆沒什麼朋友，
個性陰沉的他總是默默地坐著自己的事，
他喜歡整理街道，他喜歡街道乾乾淨淨，
他有個夢想，
就是成為一條乾淨的街道。

裝備檔案

002

換算成人類大約 41 歲

裝備檔案 003

被做成裝備的珊娜：
珊娜前幾天才剛跟男朋友吵架，
因為珊娜覺得男朋友不太理她，
其實珊娜的男朋友正在偷偷準備禮物，
想在珊娜生日時給她驚喜，
可惜珊娜沒辦法拿到禮物了。

換算成人類大約24歲

裝備檔案 004

被做成裝備的米克：
米克是一條聰明的龍，
他喜歡閱讀，也樂於和其他龍分享知識，
大家都稱他為「老師」，
米克的職業是糕點師傅。
對了，他做的糕點不太好吃。

換算成人類大約36歲

裝備檔案 005

被做成裝備的陽太：
陽太對任何事情都充滿熱情，
他身上的火焰就是他滿出來的熱情，
他每天都熱心助龍，
大家都很喜歡陽太，
陽太覺得這個世界真是棒極了！

換算成人類大約 22 歲

裝備檔案 006

被做成裝備的海德：
海德是租書店的店員，
生性害羞的他，
在向顧客推薦好書時，
可是非常激動且熱情的呢，
他最近喜歡的書是《善良的勇者》。

換算成人類大約 30 歲

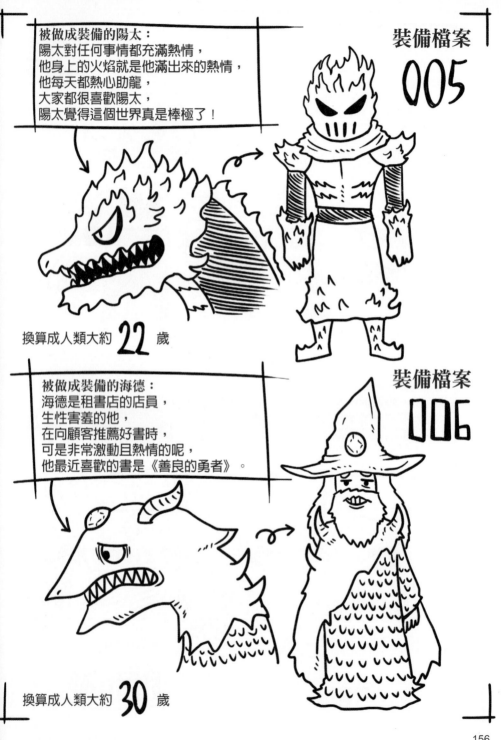

裝備檔案 007

被做成裝備的美茵：
美茵是一隻很受歡迎的龍，
大家都把美茵當成女神看待，
但她自己並不喜歡這種感覺。
她最喜歡窩在房間裡看書，
書是她最好的朋友。

換算成人類大約 28 歲

裝備檔案 008

被做成裝備的阿黑：
阿黑是料理店的店長，
對料理的品質非常堅持，
即使他的店開在偏僻小巷中，
還是有許多常客會去光顧，
大家一起窩在店裡品嘗料理最棒了！

換算成人類大約 33 歲

勇者系列／第二集・屠龍勇者與龍族／黃色書刊 著. -- 初版. – 臺北市：時報文化，2021.4；面；
14.8╳21公分. --（Fun：080）

ISBN 978-957-13-8726-0（平裝）

Fun 080

勇者系列／第二集・屠龍勇者與龍族

作者　黃色書刊｜**主編**　陳信宏｜**副主編**　尹蘊雯｜**執行企畫**　吳美瑤｜**美術協力**　FE設計｜**編輯總監**　蘇清霖｜**董事長**　趙政岷｜**出版者**　時報文化出版企業股份有限公司　108019臺北市和平西路三段240號3樓　發行專線—(02)2306-6842　讀者服務專線—0800-231-705・(02)2304-7103　讀者服務傳真—(02)2304-6858　郵撥—19344724時報文化出版公司　信箱—10899臺北華江橋郵局第99信箱　時報悅讀網—www.readingtimes.com.tw　電子郵件信箱—newlife@readingtimes.com.tw　時報出版愛讀者—www.facebook.com/readingtimes.2｜**法律顧問**　理律法律事務所　陳長文律師、李念祖律師｜**印刷**　華展印刷有限公司｜**初版一刷**　2021年4月16日｜**定價**　新臺幣300元｜（缺頁或破損的書，請寄回更換）

時報文化出版公司成立於1975年，1999年股票上櫃公開發行，2008年脫離中時集團非屬旺中，以「尊重智慧與創意的文化事業」為信念。